JURO VENGARTE

AGENTE ESPECIAL AINARA PONS Nº 1

RAÚL GARBANTES

Redes sociales del autor:

goodreads.com/raulgarbantes
instagram.com/raulgarbantes
facebook.com/autorraulgarbantes

Obtén una copia digital **GRATIS** de *Los desaparecidos* y mantente informado sobre futuras publicaciones de Raúl Garbantes. Suscríbete en este enlace: https://raulgarbantes.com/losdesaparecidos

ÍNDICE

PRÓLOGO

2:00 a. m.
Somerset, Nueva Jersey

Me encuentro inmóvil, paralizada por la indecisión y el terror que me producen comprender en dónde estoy y lo que significa. Lo seguí con cuidado para atraparlo desprevenido, sin embargo, fue él quien me trajo intencionalmente hasta aquí, al inicio de todo, para terminar conmigo. Siempre estuve segura de que era un psicópata, y acerté. Pero subestimé su inteligencia y ese fue el error, jamás imaginé la posibilidad de que era él quien llevaba la delantera. Yo no lo perseguía, él me atraía hacia su emboscada.

Ahora no tengo dudas, sabe que lo seguí y que estoy aquí. Lo planeó todo, por eso los cambios repentinos. Sabía que los averiguaría.

Está nevando mucho y el cielo cubierto de nubes casi no deja filtrar luz natural, limitando mi visión; la brisa es fuerte y me resopla en los oídos, mi audición es pobre.

El frío penetra por mi piel y me invade los pulmones en cada respiración, bajándome la temperatura corporal y agudizando todos mis temores. Mi corazón late desbocado, lo siento en la garganta. Mi cerebro trabaja al máximo: trato de obviar recuerdos difíciles, busco peligros, calculo probabilidades de éxito ante diferentes situaciones y visualizo mi cadáver siendo devorado por aves carroñeras, en caso de que algo no salga bien. La experiencia y toda lógica me dicen que debo marcharme, pedir refuerzos y esperar. Pero como él y yo sabemos, no lo haré. Esto termina hoy, ahora.

Mi vida y mi carrera se resumen a este momento. Ya las cartas están echadas y, a pesar de tener la peor mano y que él conoce las mías, debo jugármelas. Conozco la cabaña, sé que hay una sola puerta, las ventanas parecen seguir selladas. Respiro profundo varias veces para serenarme y camino hacia la entrada. Mis botas se hunden en la nieve a cada paso que doy. Avanzo, apretando el arma con firmeza —esta vez reviso que el seguro no esté puesto— y enfocándome en la puerta, sin descuidar la periferia.

Se puede apreciar que hay luz dentro, escapa por la parte inferior de la puerta y los orificios de esa vieja construcción.

Un fuerte grito de sufrimiento, proveniente del interior de la cabaña, tensa todos mis músculos y me hace detener en seco. Tiene a una víctima ahí dentro. Él está distraído con alguien y ahora existe la posibilidad de que aún no me esperaba, puedo agarrarlo desprevenido. Me apresuro a la puerta. Siento que el corazón me va a explotar por la exaltación.

Me repito tres veces que es una trampa y vuelvo a detenerme. Miro hacia los lados: la ventisca, la oscuridad, lo desolado del lugar y la incertidumbre no parecen mejor. Pateo la puerta con todas mis fuerzas y entro.

Hay una persona tirada sobre un charco de sangre. La imagen que contemplan mis ojos es tan absurda en mi cabeza que quedo desorientada, sin un próximo movimiento claro. Nada tiene sentido, pero el comprenderlo deja de importar cuando siento un hierro helado contra mi sien y un filo en mi abdomen.

—¿Qué se siente saber que vas a morir en el mismo lugar? —pregunta cerca de mi oído—. Suelta el arma, Ainara. No puedes llevarla al lugar a donde vas.

No me sorprendió escuchar su voz, no me equivoqué, no del todo. Pero qué ilusa fui al creer por unos segundos que no me esperaba y qué idiota al no hacer caso de mis propias advertencias. Supongo que ya no importa, me tiene donde quería, atrapada en el medio de la nada, nadie sabe en dónde me encuentro, no hay refuerzos en camino; perdí, no hay escape y voy a morir. Dejo caer mi Glock 9 mm.

Para satisfacer su ego psicópata y superioridad intelectual, me explica el porqué y el cómo de todo, responde mis preguntas.

Al menos, primero mata mi intriga.

—Ahora que hemos terminado, te daré diez segundos más de vida, gástalos en algún recuerdo bonito —advierte con tranquilidad.

Cierro los ojos para huir mentalmente y la veo; «Rachel sonriendo a carcajadas en un viaje a la playa. Rachel graduándose en la secundaria. Rachel haciéndome trenzas en el cabello. Mi madre preparándonos…».

Me hace volver a la realidad hundiéndome la pistola en la piel.

—Nos vemos en la siguiente vida. Adiós, agente.

Se me escapa una lágrima y escucho cómo jala el percutor. Tengo miedo y no quiero morir, no así.

—Espera. Pode…

1

¡ERES LA AGENTE ESPECIAL AINARA PONS!

***Semanas* atrás**
7:00 p. m.
Zona de muelles. Manhattan, Nueva York

Estoy dentro de mi auto, siento repentinos impulsos de salir; he abierto y cerrado la puerta tres veces ya. Sé que ni siquiera debería estar cerca de este lugar, Phillip me lo prohibió de forma categórica, pero no puedo evitarlo. Si es Hawk, no permitiré que escape.

Mi cuerpo se mantiene tenso mientras escucho absorta el canal de radio del equipo.

«Líder Alfa en posición, informe de equipos».

Es Bennett quien está al frente del operativo.

«Líder Beta en posición».

«Líder Delta en posición. Todos los puntos de escape cubiertos».

«Águila uno y dos en posición».

«Copiado. Equipo Alfa entrando».

Todo el operativo se armó de improviso al enterarnos de que una adolescente de la secundaria Stuyvesant High había desaparecido al mediodía de hoy —la segunda en un mes—. La Policía local hubiera dejado pasar más de veinticuatro horas apostando a que aparecería sola, nosotros no. Conecté estos casos con los ocurridos en diferentes partes del país y, afortunadamente para Andrea, ya es competencia del FBI. La joven de alguna manera logró esconder su teléfono y la hemos rastreado hasta aquí. Hawk tiene que ser el responsable, todo encaja.

«Aquí Águila uno. Hay movimiento en el primer piso, debe ser el objetivo. Un hombre muy alto se mueve rápido y en círculos. Sabe que algo no anda bien. Apagó las luces».

«Muy alto». Cada vez coincide más. Aprieto tan fuerte mis puños que sin querer me rompo una uña, que queda enterrada un milímetro dentro de mi palma.

«Aquí líder Alfa. Enterado. Procederemos con extrema precaución».

Los segundos parecen durar una eternidad y lucho por mantenerme quieta.

«Aquí Águila dos. El objetivo está rompiendo una ventana del tercer piso…».

«¿¡En qué lado!?».

«Noroeste del edificio. Parece… parece que pretende escapar».

Estoy del lado noroeste. Con rapidez lo busco y lo diviso en el marco de la ventana del edificio. Sin pensarlo, salgo del auto y camino en esa dirección.

«¿Encontraron a la niña? ¡Me dirijo con el equipo Alfa al tercer piso! ¡Los demás encárguense de asegurar todas las salidas!».

«Aquí líder Delta. Tenemos a la niña, está con vida».

«Aquí Águila dos. Tenemos dos problemas. El objetivo se

dispone a hacer rapel hacia el edificio del frente y la agente Pons está abajo, cerca del lugar. Tengo un disparo limpio en este momento, deme la orden y acabo con el objetivo».

«¿¡Qué carajos haces allí, Pons!?».

Apago la radio.

—¡No puedes escapar, Hawk! ¡Estás rodeado, hijo de puta! —le grito.

Él se detiene un momento antes de deslizarse por un cable y nos quedamos mirando, por la distancia y el reflejo de luz en sus lentes no puedo verle los ojos, pero siento escalofríos. Me ignora y desciende apresurado. El destello y el fuerte sonido de un disparo también me hacen reaccionar. Él entra rompiendo la ventana del viejo edificio de al lado, debe estar herido. Ya tenía preparada una fuga en caso de emergencia, si tiene un vehículo, podrá escapar.

—¡Agente Pons, tiene orden directa de abandonar el lugar! —grita Águila dos.

Desenfundo mi arma y corro al interior del viejo edificio.

No hay luz. Enciendo mi linterna y avanzo a toda velocidad, esquivando obstáculos, hacia el segundo piso. Hace calor, comienzo a transpirar. Cualquier movimiento crea sonido, escucho la gravilla crujir contra las suelas de mis botas y hasta mi respiración parece hacer eco, o solo son los nervios por ser mi primera vez en una situación así. Hay ratas por todos lados, me aterran. Aunque a cada paso que doy me reclamo por haber entrado sola, no puedo retroceder. Hawk no puede escapar.

Mi campo de visión se reduce al pequeño haz de luz que proporciona mi linterna. Y el segundo piso es amplio, es una especie de taller abandonado con mucha maquinaria antigua y chatarra dispersa por todo el lugar. Hawk puede estar donde menos lo espero.

Hacia todas direcciones, las ratas no dejan de provocar

sonidos que me mantienen en alerta. Siento que pasé de ser la cazadora a convertirme en la presa.

Un quejido de dolor por detrás de mi espalda me alertó cuando me iba a golpear con un tubo. Logré rodar por el suelo hacia un lado y muy rápido incorporarme para apuntarlo, directo al rostro que por muchos años he ansiado tener de frente.

Es jodidamente alto como Hawk, pero su cara es muy diferente. Necesito ver sus ojos.

—¡Quítate los lentes!

Él parece confundido.

—¡Que te los quites! ¡Ya! —grito colérica.

Haciendo un gesto para que me calme, suelta el tubo y se quita los lentes.

—No soy quien esperabas.

No, Hawk tiene los ojos con iris de diferente color. Y este hombre que tengo al frente tiene ambos ojos claros e idénticos. Volví a fallar.

—Me llamo Tom. Estoy herido y no soy a quien buscas, preciosa. Mátame o deja que me vaya, necesito atenderme.

Ensimismada, entre mis pensamientos y la decepción, tardo en responder y él da un paso hacia adelante. Por reflejo, jalo el gatillo, pero mi arma no dispara. Él sonríe y se abalanza sobre mí. Con sus largos brazos no tarda ni medio segundo en alcanzarme, con su peso y tamaño me tumba sin esforzarse. Comienza a estrangularme con tal fuerza que mi visión se nubla rápido.

—Tus deseos de encontrar a ese tal Hawk te han traído aquí para morir. Eres hermosa, lástima que no tengamos tiempo —dice con furia y muestra su mirada psicópata mientras siento que toma mi vida.

Logro agarrar algo sólido del piso y darle con él en la

cabeza, sin embargo, él continúa ahorcándome. No es humano. Lo golpeo tres veces más hasta que cae a mi lado.

Casi no puedo respirar ni parar de toser, entretanto, lucho por levantarme. Me mantengo en pie gracias a una vieja mesa que me sirve de apoyo. Aunque mis ojos se han adaptado a la oscuridad, no encontraré mi arma sin la linterna que está tirada a metros, y Tom está de por medio. Comienza a levantarse. Encuentro una pesada tabla de madera. Lo golpeo una y otra vez en la espalda y cabeza con todo lo que tengo; él se levanta como si nada.

La impresión me deja sin movimientos. Tom me toma por el cuello con una sola mano y me levanta a su altura, estrangulándome otra vez. Poco a poco voy perdiendo el conocimiento.

Cuando empieza a decirme algo que mi cerebro casi sin oxígeno no logra procesar, escucho un cristal romperse.

—¡FBI! ¡Suéltala inmediatamente!

Caigo al piso. Todo se pone negro.

Despierto asustada y nerviosa.

Intento levantarme, pero un paramédico me pide que me calme; lo que me cuesta. Sin embargo, al notar que me encuentro en una ambulancia, me tranquilizo. A medida que voy recordando, el dolor en mi cuello se vuelve más molesto.

—¿Fue Bennett? —pregunto.

—Sí. Todos hablan de eso, es un héroe. Saltó de un edificio a otro para llegar a tiempo y poder detenerlo.

Así es Bennett. Aunque supongo que debo estar agradecida.

—¿No lo mató?

—No, lo hirió en las piernas. Pagará por sus crímenes. Se

encuentra bien, agente, puede irse cuando quiera. Solo debe ponerse algo para evitar que se le marquen mucho los moretones en el cuello.

Cuando me bajo para ir hacia mi auto, noto que todos se me quedan viendo. Deben estar burlándose de mí; cometí la mayor imprudencia y estupidez de toda mi vida.

Abro la puerta del vehículo.

—Pons, tu lugar es en la oficina, ahí sí nos eres de verdadera ayuda. Aunque espero que nunca vuelvas a entrar en acción, si lo haces, siempre revisa tu arma primero. Tenía el seguro puesto —dice Bennett con su cara de sobrado al entregarme la pistola.

Se va sin dejarme darle las gracias. Algún día se las daré. Ahora mi preocupación es con Phillip, debe estar molesto porque lo desobedecí.

Cuando llegué a las oficinas me encerré en la mía y me he mantenido aquí, los demás festejan en el salón de conferencias. Atrapamos a un asesino en serie y salvamos una vida, sin embargo, no puedo quitarme la sensación de fracaso. No quiero hablar con nadie y seguramente nadie tendrá algo positivo que quiera decirme. Deben estar burlándose de mi error y falta de profesionalismo. Por otro lado, Hawk sigue suelto o quizá ya esté muerto. Nunca tendré mi propio cierre.

Mi jefe se acerca. Me palpo el cuello para cerciorarme de que la bufanda que improvisé se mantenga fija. Toca la puerta y entra.

—Bennett me contó lo que ocurrió —dice y yo trago saliva—. Dijo que salvaste el día, que sin tu intervención el asesino probablemente hubiera escapado, que fuiste muy valiente.

¿Por qué el imbécil de Bennett cree que puede salvarme dos veces en un mismo día?

—Sé que te ordené que no fueras, Ainara. Pero lo hice por seguridad. No eres una agente de campo, rara vez controlas tus impulsos y los sujetos que perseguimos son unas bestias que no dudarán en matarte. Anda a casa y vuelve mañana temprano, arreglada. Daremos una rueda de prensa y hablarás en ella. Después de los numerosos criminales que nos has ayudado a atrapar, mereces más reconocimiento del país al que sirves.

Eso explica por qué Bennett me dio crédito, se cansó de los discursos en público.

Un día después de la molesta rueda de prensa en donde también intentaron averiguar sobre mi pasado, sigo en la oficina. Tom nos detalló con exactitud sus crímenes, utilizaba el *modus operandi* que descifré mientras creía que él era Hawk; Tom viajaba de un estado a otro y residía un tiempo trabajando como profesor de alguna materia de ciencias —matemática, física, química—. Con total acceso a la información del alumnado, estudió y eligió con cuidado a sus víctimas, las violó y mató. Sus cuerpos aparecían en bolsas de basura. Luego de un tiempo prudencial, se marchaba y cambiaba de identidad. La primera desaparición en la secundaria Stuyvesant High me alertó, y la segunda me dio la seguridad de que era el asesino; estaba en Nueva York.

Tom no admitió todos los casos que relacioné con él, lo que abre la posibilidad de que estos hayan sido obra de Hawk.

Desde ayer no he salido de la oficina y solo he dormido un par de horas sobre el escritorio. Ahora me encuentro parada frente al enorme mapa de los Estados Unidos que cubre una pared de mi oficina. Viendo una y otra vez todos los puntos que tengo marcados en diferentes estados, reintentando encontrar algo que se me haya pasado. Aunque hay cientos de homicidios y desapariciones destacables, no logro ver nada más. Me siento frustrada.

Cuando voy a liberar un arrebato de ira contra mi escritorio, Phillip toca y entra. Ve mi apariencia, me advierte que sabe que he dormido aquí y me recuerda que tengo diez días para organizar todo e irme de vacaciones obligatorias. No quiero vacaciones, necesito trabajar. Él alega que son órdenes del Departamento de Recursos Humanos y no dejará que eso le ocasione problemas; también que llevo cinco años en el FBI y nunca he tomado un descanso; que solo tengo veintisiete años y debo vivir un poco. Por último, me ordena que vaya a casa y vuelva mañana.

Saliendo del edificio, una mujer algo mayor me llama por mi nombre y me detiene.

—¡Eres la agente especial Ainara Pons! —dice algo excitada.

Ruega por mi ayuda y, a pesar de mi cansancio, la escucho. Me cuenta sobre su hija, quien a su parecer fue asesinada hace tres meses. Resume el dictamen oficial de la Policía y afirma que es falso; su hija no murió accidentalmente por sobredosis ni intentó suicidarse.

—La policía ya no me presta atención y todos piensan que estoy loca. No tengo para pagar un detective privado. Te vi en las noticias. Tú ves donde otros no pueden y encuentras lo que nadie sabe que debe buscar. Eres mi única esperanza para darle paz al alma de mi hija.

Me da un papel con su número telefónico y el nombre de su hija, a la vez que agradece mi tiempo y se marcha.

Vacilo porque detesto cambiar de planes, pero vuelvo a la oficina. Si ella cree en mí, al menos debo intentarlo por unos minutos.

2

NO TE CONVIENE SEGUIR HACIENDO PREGUNTAS

Ya en mi oficina, hago algunas anotaciones mentales antes de empezar. Como es un caso local y antiguo, de hace tres meses, le llamo a mi contacto en la Policía de Nueva York. Es un sujeto pesado, nunca pierde la oportunidad para pedirme una cita cada vez que necesito un favor profesional.

Luego de una charla que él extiende demasiado, lo convencí de que me pase toda la información del caso, pero no sin antes volver a prometerle que asistiré a otra cita a la que tampoco pienso ir.

Mientras espero impaciente que llegue el *e-mail*, Glen Roberts, un compañero de oficina, pasa y arroja un periódico sobre el escritorio.

—Mírate. Eres toda una celebridad. Han escrito todo un artículo acerca de tu carrera. —Se me queda observando y agrega—: Deberías ir a casa, no te ves muy bien.

Le agradezco con una sonrisa falsa y se marcha.

El artículo lo escribió una reconocida periodista del New York Post. La foto en la que salgo fue tomada ayer durante la rueda de prensa, me cuesta reconocerme. Amy Evans habla bien de mí, enumera muchos de los casos en los que mi participación fue clave para atrapar a peligrosos y escurridizos criminales. Asegura que desde mi llegada al FBI, hace cinco años, mi unidad ha aumentado notablemente su desempeño. Me llama «la mente anticrimen de la década». Me siento muy halagada.

En otro llamativo pero lamentable artículo hablan de un nuevo ataque bomba en el país, es el cuarto en dos meses, esta vez en Wyoming. Sospechan que una sola persona es el autor. A pesar de que no es competencia de nuestra unidad, he intentado encontrar un patrón en los ataques, sin éxito. Parecen hechos al azar.

Suena mi computadora, llegó el correo. Lo abro de inmediato. Vanessa Hope era una mujer realmente hermosa, sin embargo, y como me temía, el caso no tiene nada de especial:

«Una estríper de veinticinco años fue encontrada sin vida en el interior de su auto, los vidrios arriba y el aire acondicionado encendido. Los gases tóxicos emitidos por el vehículo la asfixiaron. Encontraron residuos de heroína y una jeringa a su lado. Los llantos del bebé alertaron a sus vecinos la mañana siguiente».

La piel se me eriza al darme cuenta de que Rachel tendría la misma edad.

Llamo a la madre. A pesar de que me jura que su hija había dejado las drogas el mismo día que se enteró que estaba embarazada, no hay ningún indicio de que el caso sea algo diferente a una muerte accidental. Sin embargo, me da el teléfono de una amiga del trabajo y me ruega que la llame. Debo admitir que de no ser por las semejanzas a Rachel y mi necesidad de mantenerme ocupada, no lo hubiera hecho. Le marqué.

Entre gritos, escandalosos ruidos de fondo y con total desinterés, Kitty Diamond, la «amiga», me juró que Vanessa llevaba más de un año limpia de drogas y también agregó algo que atrapó mi curiosidad. La noche anterior a su muerte salió con un hombre adinerado que viajaba mucho y con quien pasó una velada espectacular en un hotel cinco estrellas. Kitty compartió conmigo la descripción que Vanessa le dio sobre aquel hombre: cuarentón, divorciado y con un tatuaje de águila en la espalda.

Phillip se mantenía al acecho, por lo que tuve que marcharme, pero no sin antes imprimir el archivo del caso y tomar mi *laptop*. Me fui del edificio y compré café por el camino.

Me mudé hace poco a una zona de clase media baja en Queens. Al típico suburbio en donde vive la clase obrera de la ciudad. Numerosas casas muy parecidas con un pequeño porche, jardín y estacionamiento sin techo. La mayoría se encuentran muy descuidadas, incluida la mía; pintura desconchada, buzones sin identificación y algo de maleza. Decidí instalarme aquí en un intento de lograr un cambio positivo y para tomar distancia con la controladora de mi madre, como recomendó mi psicólogo. En mi nuevo hogar casi todo sigue sin desempacar y en desorden. Mi vida personal es un desastre desde hace mucho. Me volví asocial y aislada, no tengo amigos. El trabajo es lo único que da sentido a mi vida.

Apenas abro la puerta, Bob sale a recibirme. Juego con mi adorado pitbull hasta calmarlo y voy a la cocina, necesito carbohidratos para recuperar energías. Tomo una bolsa de panes, también mantequilla de maní y me apresuro al estudio.

Vuelvo a releer el caso. Si es un asesinato, quien lo hizo es una persona calculadora, organizada e inteligente; no dejó pistas. Claro, suponiendo que los peritos fueron los más capaces e hicieron un buen trabajo y no algo mediocre por tratarse de otra estríper adicta a las drogas que muere por sobredosis. Pero ¿por qué la matarían? Las razones podrían ser muchas. Sin embargo, el medio en el que se desenvolvía suele ser de gente poco capaz de tramar y efectuar un crimen así.

En ese tipo de trabajo se conoce a diario a muchos hombres, ese con el que salió la noche anterior a su muerte no tiene que tener relevancia. Por este camino, entre papeles y suposiciones, no encontraré respuestas. Debo hacer algunas preguntas en ese club, iré esta noche, y si no encuentro nada, dejaré el caso.

Mi celular suena al otro lado del cuarto. Aprovecho para levantarme e ir al baño. Es mi vecino, el señor Wong, quien me volverá a comentar sobre su hija, pero ahorita no tengo cabeza para aquello. Cuando me observo fijamente al espejo, entiendo por qué todos me sugerían que volviera a casa; mi rostro está pálido, mis ojeras crecidas y mi semblante no es el mejor.

Decido intentar dormir. Me tomo una pastilla, pongo la alarma en mi teléfono y me acuesto.

❧

_9:00 p. m._
Club Angel's

Mi trabajo es de oficina: encuentro patrones, perfilo a los criminales y analizo las pruebas para identificar a los culpables. No soy agente de campo, y ser mujer tampoco me ayudó cuando intenté ingresar al refinado local para hombres pudientes que garantiza mucha discreción. Por lo que mi primer error de novata fue enseñar mi placa, generando un sinfín de señas y gestos entre los empleados. El encargado me aclaró que no podría entrar a ningún salón privado ni hablar con las chicas o clientes sin una orden. Pregunté por Kitty Diamond, pero esta también se negó a hablar conmigo. Antes de irme, solté algunas preguntas sobre Vanessa Hope en voz alta y hacia todos, pero nadie emitió una palabra.

Me marcho decepcionada, sin embargo, las cosas parecen cambiar cuando al acercarme a mi auto diviso un pequeño papel con un número telefónico escrito a mano. Volteo a los lados, no veo a nadie. Me monto y llamo. Reconozco su voz, es uno de los porteros. Dice llamarse Milo y me confiesa que le tenía mucha estima a Vanessa Hope. Asegura que vio al sujeto con quien se marchó aquella noche y que podría reconocerlo si lo volviese a ver. Promete llamarme si lo hace.

No es mucho y tampoco tengo muchas esperanzas, el caso murió sin empezar.

A pesar de haber dormido en la tarde, llegando a casa siento cómo el agotamiento poco a poco se propaga por mi cuerpo. No tener un caso sólido en el que trabajar me vuelve más ansiosa de lo normal, y unas vacaciones obligadas en puertas es demasiado. Voy a enloquecer.

Al pasar por el frente de la casa del señor Wong, que está al lado de la mía, no puedo evitar preocuparme. Él está en su porche, sentado, con un cigarrillo en la boca y lo que parece un trago en la mano; no luce nada bien. Guardo el auto en el estacionamiento y voy a verlo, me siento culpable por no haberlo atendido temprano. Espero que no haya pasado algo lamentable.

El hombre tiene sesenta años.

—Señor Wong…

—Señorita Ainara. Menos mal viene —dice y se aproxima hacia mí.

—¿Se encuentra bien? ¿Por qué está fumando? Me dijo que lo dejó cuando salió del Ejército.

Avergonzado, baja la mirada.

—No pude evitarlo. Ha ocurrido algo y necesito su ayuda, la policía solo volvería a ignorarme.

Me invita a pasar.

La sala de su casa está hecha un desastre, con un montón de papeles, periódicos y fotos regadas por doquier. Su hijo, que ve televisión con volumen alto, me observa por unos segundos y luego continúa en lo suyo. Wong me ofrece un trago de la vieja botella de vodka que él ha estado consumiendo. Como quizá me ayude a dormir, se lo acepto. Me pide que tome asiento, y después de beberse un sorbo, comienza.

—Llevo varios días publicando anuncios en diferentes periódicos, contando la historia de mi Kim. Sobre su desaparición en esa maldita agencia hace once meses.

—Señor Wong, tengo entendido que luego de que se fuera con la agencia, usted y ella hablaron varias veces por teléfono. Ella le manda cartas mensualmente y fotos.

—También dinero. Pero no es mi hija. No sé qué le hicieron o por qué se comporta de esa manera. Desde hace meses no hemos vuelto a hablar por teléfono ni jamás me ha dado un lugar en donde la pueda localizar.

Es extraño, pero oficialmente no se puede hacer mucho. El único punto de partida es la agencia de modelaje UpTop Model's, y vaya que es prestigiosa. Phillip no me dejará abrirle una investigación sin nada concreto.

—¿La agencia qué dice? ¿Ha vuelto a preguntar? Cuando ella dijo que se iría a vivir a otro estado por trabajo, ¿algo le pareció extraño?

—Sí, y no por algo malo, sino por todo lo contrario; era un contrato de ensueño. Cuando pregunto en la agencia, dicen que ella no ha dado autorización para que den su información personal y aseguran que se encuentra bien, trabajando. Pero yo no les creo, y ahora menos.

—¿Por qué?

Me señala mi vaso, que sigue lleno, y él bebe el suyo hasta el fondo. Yo lo imito.

—Señorita Ainara. Hoy me contactó una madre que leyó mi publicación en el periódico, se reunió aquí conmigo y se sentó justo donde usted está ahora. Me contó la misma historia. Nunca más volvió a tener contacto real con su hija, después que esta se fuera con su maleta llena de esperanzas a trabajar con la agencia. No pudo mostrármelas porque no las llevaba consigo, pero me dijo que también tenía fotos muy parecidas a las de Kim. Son demasiadas coincidencias.

Ha picado mi curiosidad en grande.

—¿La mujer se encuentra todavía en la ciudad? Deme su número.

Él corre a buscarlo, me entrega una tarjetita y un montón de hojas con letras escritas a mano. Sé que son las cartas, sin embargo, no esperaba leerlas todavía, no sin encontrar algo más sólido. Wong nota mi indecisión.

—Lléveselas, señorita Ainara. Son las cartas que supuestamente ha enviado mi Kim. Reconozco su letra, pero sé que algo no está bien. Quizá usted encuentre algo que yo no puedo. Llame a la señora María Sánchez y verá que no miento.

Conversamos más, tal vez por un par de horas, y nos agarró la medianoche. Primero hablamos de su hija y sus sospechas, hasta que el efecto de los tragos nos desvió un poco del tema y el señor Wong me contó historias de otras épocas, unas mejores. Ambos nos distrajimos.

Camino muy despacio a casa mientras me hago un breve resumen: Kim se fue voluntariamente a trabajar con la popular y prestigiosa agencia de modelos. Ella mantuvo contacto con el señor Wong por un tiempo a través de llamadas, luego solo por cartas mensuales que llegaban con dinero y fotos de ella. Todo parece indicar que no hay nada raro, o por lo menos no tanto. Aunque ahora hay una mujer que dice tener a su hija en la misma situación, ¿coincidencia?, demasiada. Podría ser que la vida del modelaje y la libertad de estar fuera de casa haya cambiado tanto a una de ellas que ya no le importe mucho el contacto familiar, pero ¿a las dos?

Mis cavilaciones se detienen *ipso facto* al llegar a mi porche y ver una ventana rota. La adrenalina me despabila, desenfundo mi arma y camino hacia la puerta. Bob me siente y comienza a ladrar de la emoción. Eso me tranquiliza, no es posible que haya alguien dentro junto con mi bestia negra.

Bob me recibe con mucha baba y cariño mientras yo leo el mensaje que me dejaron atado a la piedra que rompió mi ventana: «No te conviene seguir haciendo preguntas».

3

ÚLTIMA ADVERTENCIA

Llegué temprano a la oficina para llevar la piedra con el mensaje al laboratorio, si bien no creo que se encuentre algo de utilidad, no pierdo nada al intentarlo. La advertencia tiene que estar relacionada con el club Angel's, con Vanessa Hope. Quizá deba volver a visitarlos, indagar más, provocarlos y ver qué ocurre.

Termino mi vaso de café y me pongo manos a la obra. Comenzaré con María Sánchez, las cartas de Kim serán lo último. Después del cuarto repique me atiende una mujer con acento mexicano. Con dificultades, logramos presentarnos.

—El señor Wong me…

—¡Sí, «mijita»! Su hija también se ha evaporado. ¿Es la agente del FBI? El chino no mentía.

—Así es. Cálmese y cuénteme todo con lujo de detalles.

La señora María me cuenta que es de El Paso, Texas. Hace dos años su hija Luisa se fue de casa para trabajar con la agencia de modelaje en la sede de otro estado. La comunicación entre ellas fue parecida a la del señor Wong con Kim. La novedad es que después del año no hubo más contacto y en la agencia se desentendieron, alegando que ya no trabajaba con ellos. Luisa está desaparecida, pero no hay una denuncia formal porque nadie quiso prestarle atención a una inmigrante mexicana pobre. A punto de perder las esperanzas, la señora María leyó el anuncio del señor Wong en el periódico.

Terminé la conversación prometiéndole que daría lo mejor de mí y utilizaría todo el alcance del FBI para esclarecer el paradero de su hija. Ella lloró y no dejó de darme las gracias, le costó creer que alguien realmente la estaba tomando en serio.

Debo ir a la sede principal de la agencia antes de las cinco, tengo al menos ocho horas para averiguar todo sobre UpTop Model's.

Son las cuatro de la tarde y me ruge el estómago por el hambre. Me anoto mentalmente que debo comer algo apenas salga de aquí.

Una segunda pared de mi oficina está cubierta por otro mapa del país, lo contemplo. No tenía idea de lo grande que era el negocio del modelaje para esa empresa. Tengo marcadas más de ciento veinte sedes en poco más de treinta estados, ubicadas en las mejores ciudades y zonas. Aunque la información la encontré en sitios webs y fórums de poca credibilidad, también marqué trece reportes sobre modelos desaparecidas o con muertes extrañas. Aparte de eso, no encontré un solo reporte oficial en contra de la agencia, ni siquiera en periódicos locales, y ninguna compañía grande puede estar tan limpia. Eso no me da muy buena espina. Los propietarios son dos hermanos neoyorquinos que poseen una inmensa fortuna e influencia.

Phillip toca y entra. Ve los dos mapas en ambas paredes,

mi desorden en el escritorio y luego a mí. Intenta hablar, pero se arrepiente.

—Ainara… Te conozco y sé que no estás mal de la cabeza, pero vas a empezar a poner nerviosos a los demás. Vives encerrada aquí, tienes mapas inmensos con marcas en todos lados, no hablas con nadie si no es acerca de trabajo y tu psicólogo me dijo que no has vuelto a verlo desde hace casi un mes.

—Señor…

Me hace un gesto para que calle y él continúa.

—Sé que no soy tu padre. —Respira profundo—. Debes tomar tus vacaciones cuanto antes y recuperarte, necesitas un cambio.

Por un segundo pensé en pedirle permiso para abrir una investigación seria contra la agencia. No funcionará.

—Aquí traigo tu cheque. —Lo coloca en mi escritorio—. Es el acumulado por los cinco años en los que nunca tomaste vacaciones, te va a gustar. No lo pierdas. Solo debes firmar unas planillas para que se haga efectivo. Avísame y agilizaré el papeleo.

Él sale y yo me preparo para también irme. Reviso mi cartera y tengo todo, incluyendo las cartas, pasearán un poco más conmigo.

Primero me detengo en un Burger King. Devoro la Whopper que compré mientras manejo a la sede principal de la agencia UpTopModel's que está en el centro de Manhattan. Por el tráfico y estar comiendo, tardé un tiempo considerable en llegar. Por fortuna sigue abierta.

Hablo con dos recepcionistas que me niegan cualquier información referente a sus modelos y me hacen perder la paciencia fácilmente con sus tonos arrogantes y sus miradas despectivas por mi apariencia.

Saco mi placa.

—Tienen un minuto para hacer aparecer a alguien que tenga el poder de darme la información que necesito o les haré la vida imposible. Créanme, no quieren entrometerse en el camino de una agente del **FBI** obstinada y muy rencorosa.

Se ven entre sí y, sin emitir palabra alguna, van por mi pedido. No pensé que me resultaría tan fácil, no después de mi fracaso en Angel's.

Cinco minutos después, una de las mujeres regresa acompañada de un hombre un poco alto, fornido y de cabello rapado. Parece un militar. Murmuran y luego el sujeto me pide que lo acompañe. Aunque nada en él me genera la más mínima confianza, lo sigo y caminamos.

—¿FBI? ¿Qué hacen en nuestras oficinas? —pregunta fingiendo simpatía y sin dejar de examinarme.

—¿Eres la persona que me dará la información que necesito?

—No. Pero te llevo a ella.

Intenta sacarme algo, pero lo evado. Llegamos a una imponente oficina donde está Liam Walker, lo reconozco por las numerosas fotos de la agencia en las que sale, es uno de los dueños. No pensé que me llevarían con él, no tan rápido.

Camina hacia mí con una gran sonrisa y el brazo estirado para darme la mano.

—No puedo creer que la misma agente que hace dos días atrapó a otro asesino en serie esté en mi propia oficina. Ainara Pons. ¡Qué honor!

—Gracias por recibirme, señor Walker. Necesito…

—Nada de señor Walker. Una heroína como usted puede llamarme simplemente Liam.

Me resultan incómodos los halagos y la confianza con

extraños, pero debo seguir la rutina. Cada vez me gusta menos el trabajo de campo.

—De acuerdo, Liam. Necesito información sobre…

Me mira fijamente y me detiene con un gesto.

—¿Te han dicho lo hermosa que eres? Con esos ojos claros que contrastan con tu hermosa piel morena. Nariz perfilada, cabello largo, y estoy seguro de que debajo de esa ropa debes tener un cuerpo muy *sexy*. Podrías ser una modelo, no de pasarela porque te falta estatura, pero sí para todo lo demás. —Nota mi mirada seria—. Discúlpeme, Ainara. Pensé en voz alta. Espero que lo tome como un halago.

Me mantengo en silencio, sin importarme lo incómodo que vuelvo el momento.

—¿De qué quería información?

—Sobre Luisa Sánchez y Kim Wong. Tengo entendido que trabajan para esta agencia. Sus padres me dijeron que no han podido volver a comunicarse con ellas, que temen por sus vidas y que tu agencia les niega la información.

No pretendía ser tan directa, pero el mal humor me vuelve más impulsiva de lo normal. Aunque él parece sorprendido, no pierde la compostura.

—Como sabrá, mi compañía tiene muchas modelos y cientos de empleados. No sé quiénes son esas chicas, pero ya mismo mi amigo Carl nos ayudará con eso.

El hombre que me trajo hasta la oficina, que seguía a mis espaldas, saca su teléfono y sale. Liam me invita a tomar asiento y comienza a hablarme acerca de todo, menos de aquello por lo que vine.

Veinte eternos minutos después, Carl vuelve con un trozo de papel y una carpeta. Susurra al oído de su jefe.

—Conseguimos a Wong, pero a Sánchez no porque se retiró de nuestra empresa aproximadamente hace un año.

Me pasa el papel.

—En este número puede encontrar a Kim Wong, pero llame en este momento porque nuestras chicas siempre andan ocupadas y cambiándose de sitio.

Llamo, y apenas termina el primer repique contesta una mujer joven, de acento asiático. Nadie atiende tan rápido.

—¿Kim Wong?

—Sí. ¿Quién pregunta?

—Soy agente del FBI. ¿Cuál es el nombre completo de tu padre? ¿Cómo se llama el gato de tu hermano? ¿A qué edad te fracturaste el brazo?

—Tao Wong, Don Diego, a los trece. —La primera respuesta la podría tener cualquiera, las otras dos no, solo Kim. Es ella.

—Tu padre está muy preocupado por ti. ¿Por qué no lo has llamado más? ¿Por qué nunca le has dicho dónde te encuentras?, ¡¿dónde estás, Kim!?

—En la agencia de Seattle —dice luego de unos segundos—. Trabajo mucho y siempre estamos viajando. Prometo que lo llamaré pronto. Debo marcharme.

Cuelga. Aunque todo me parece extraño, al mismo tiempo también tiene sentido.

—¿Satisfecha, Ainara? Como ve, todo está en orden. Las muchachas a esa edad y en ese medio, conocen a muchas personas, van a fiestas, viven tantas experiencias nuevas que olvidan la casa. No debería preocuparse más por ello.

Él me da una carpeta donde está la información general —hoja de vida, fotos— de Sánchez y Wong. Me advierte que no salen números ni direcciones porque la información personal solo se entrega con una orden judicial o por autorización de las modelos. Le agradezco su tiempo y me marcho.

Otro caso que parece haber muerto.

❧

Estoy en la cocina de mi casa tomando una copa de vino para mitigar mis emociones y dirigir mis ideas. Busco cómo decirle al señor Wong que, aunque todo me parece extraño, aparentemente su hija está bien. Medito sobre el caso de Vanessa. Al salir de la agencia fui al club Angel's porque, como supuse, a esa hora no había clientes, mucho personal de seguridad, chicas ni gerente, y logré hablar con el barman, quien también asegura que podría reconocer al sujeto con el que Vanessa se marchó y que le pareció familiar, sin embargo, no recuerda de dónde. «Podría ser actor», dijo. También observó que este no fue solo, en todo momento estuvo acompañado de un hombre bajo y de ojos claros, quien se encargaba de pedir, pagar y hablar por él.

Mi momento de concentración es interrumpido de golpe cuando escucho un vidrio romperse en mi sala. Bob comienza a ladrar como loco. Yo tomo mi arma y voy deprisa.

Otra maldita piedra rompe el vidrio nuevo que cambié hoy. Veo que tiene otro mensaje, pero corro hacia el frente de la casa para intentar ver al responsable. Solo logro divisar las luces rojas de un auto color negro que doblaba a toda velocidad en la esquina del final de mi calle. Lo maldigo y juro que lo atraparé.

Vuelvo al interior y leo el mensaje: «Última advertencia». Si pretenden asustarme con amenazas para que me detenga, están haciéndolo todo mal, solo me dan más motivos. Tocan la puerta detrás de mí y volteo nerviosa con la Glock en mano.

—Soy yo, señorita Ainara. ¡Cálmese!

Su delgado cuerpo, espalda curva, piel blanca y baja estatura me tranquilizan.

—Señor Wong.

—Vi lo que ocurrió, estaba en mi puerta. ¿Se encuentra bien?

—Sí, señor Wong. Son solo unos imbéciles que pretenden atemorizarme para que deje de investigar la muerte de una mujer.

—Ya veo. Creo que debería tener cuidado.

—Lo tendré. —Él se gira para irse—. Señor Wong.

—¿Señorita?

—Logré hablar con su hija por teléfono. No fue por mucho tiempo, pero me dijo que estaba bien. Ahora trabaja en la agencia de Seattle y me prometió que lo llamará pronto.

Él sonríe sin levantar la mirada, sin ánimos.

—A mí también me decía lo mismo. Cuando llame al número donde la encontró, verá que la línea ya no existe. Cuando pregunte por ella en la agencia de Seattle, le dirán que ya se fue a otro estado y que no pueden darle más información.

El señor Wong me confirmó lo que temía que podía ocurrir, él ya pasó por eso. Me da las gracias por mis intentos y me asegura que continuará buscando respuestas. Cuando se está por marchar, lo detengo y le devuelvo la cortesía que tuvo conmigo, lo invito a compartir un trago. Muy respetuosamente me lo acepta.

¿ALGUIEN VIO EL MALDITO AUTO?

12:00 P. M. *Al día siguiente*
Oficina, FBI

Hoy ha sido una mañana movida. Agentes de Seguridad Nacional entraron desde muy temprano junto con Bennett y otros destacados miembros del equipo a la sala de conferencias, no han salido desde entonces y se ha mantenido mucho hermetismo.

Como con el caso de Vanessa Hope no lograría avanzar desde la oficina, no descubriré si en realidad hubo un homicidio hasta conocer la identidad del individuo con el que salió una noche antes de su muerte, me dediqué a continuar con el caso Wong. Si la encuentro a ella, es probable que también averigüe el paradero de Sánchez. Me tomó un par de horas leer minuciosamente las cartas de Kim. En ellas siempre cuenta lo mismo, cómo le va, aventuras y amistades. A pesar de que no encontré nada, estoy segura de que debe haber algo que no estoy viendo. Dejaré a mi subconsciente trabajar.

Busco mayor información, pero sin permiso de Phillip, no podré averiguar más, no con facilidad ni de forma oficial.

Como si lo invocara con el pensamiento, toca la puerta y entra. No se ve contento.

—Muy temprano en la mañana, me llamó Sean Walker. Te suena el nombre, ¿verdad? Me dijo que estuviste haciendo preguntas incómodas en su oficina principal, aquí en Nueva York. Que aterrorizaste a sus empleadas y no fuiste muy cortés con su hermano Liam.

—Señor, tengo un posible caso.

—¿Caso de qué? ¿Tienes pruebas de algo?

Buena pregunta, no estoy segura de si están desaparecidas o secuestradas.

—Dos padres están preocupados por el paradero de sus hijas, una trabaja y la otra trabajó con la agencia. No tengo pruebas todavía.

—Walker me dijo que lograste hablar con una, que todo estaba bien, y de la otra no saben nada porque ya no trabaja para ellos.

—Es cierto, pero…

—Pero nada, Ainara. Me hablaron con buen tono, pero esa llamada fue una advertencia, no quieren al FBI en su agencia. Aunque nuestro trabajo es capturar criminales, no podemos atacar de frente a personas poderosas. Tienes un buen olfato, sin embargo, no abriremos una investigación contra esa empresa. Tienes nueve días antes de que salgas de vacaciones, no puedo evitar que indagues por tu cuenta, pero no vuelvas a la confrontación con los Walker. Solo si encuentras alguna prueba sólida, volveremos a hablar del tema. ¿Está claro?

—Como el agua.

Cuando iba a salir, se detiene.

—Casi lo olvido. Vine a buscarte.

Me paro y lo sigo.

—¿A dónde vamos?

—A la sala de conferencias. La secretaria de Seguridad Nacional pidió al mejor analista de patrones. Están en pánico, creen que el Bombardero Errante atacará en Washington. Ya te pondrán al tanto.

Entro a la sala. Todos se me quedan mirando en silencio, excepto Bennett, no se molesta en subir la mirada del documento que lee. Hay una mujer bastante mayor que luce muy elegante, debe ser la secretaria. Ella se me acerca.

—Agente Pons. Dicen que eres la mejor. —Me acerca su mano—. Leonore O'Sullivan, secretaria del Departamento de Seguridad Nacional. Imagino que Phillip te puso al tanto, ¿cree poder ayudarnos?

Le tomo la mano.

—Señora secretaria, prometo que daré lo mejor de mí.

Ella hace una seña y uno de sus hombres comienza a hablar.

—El Bombardero lleva cuatro ataques, como se puede apreciar en el mapa. El primero fue en Montana, luego Colorado, Idaho, y finalmente Wyoming. Si se le busca lógica geográfica, no se encuentra.

—No a simple vista.

—¿Qué quieres decir?

—Termina y luego daré mi opinión.

—Hemos insertado los datos que tenemos en diferentes programas y algoritmos matemáticos de predicción de ataques, pero no logran darnos algo útil. Este maniático actúa al azar.

—¿Entonces por qué creen que el próximo será en Washington?

—Mandó una nota advirtiéndonos —responde la secretaria y se me acerca para entregarme dos gruesas carpetas—.

Allí están las imágenes de todo lo que hemos recopilado: notas, fotos de las bombas, perfiles, sospechosos, residuos…

—¿Fotos de las bombas? —Las busco y las comienzo a analizar.

—Envía las fotos a la Policía local el día en que van a explotar. Para generar más caos, por diversión —contesta uno del equipo de la secretaria.

Es mucha información.

—Necesitaré un buen tiempo para analizar todo esto.

—Tómate todo el que necesites. Nadie se irá de esta oficina hasta que nos des algo —asegura Leonore.

Durante las cinco horas que me tomó armarme una idea entre tantas imágenes e informes, nadie habló ni se movió de su lugar, cada uno se mantuvo inmerso en su investigación. Al intentar levantarme, ruedo la silla y un molesto ruido rompe el silencio, todos voltean hacia mí.

—¿Qué tienes? —pregunta la secretaria, ansiosa.

—Coincido con una de las conclusiones de la computadora, el Bombardero debe vivir en la región este del país, sureste quizá.

—¿Por qué? —pregunta Bennett adelantándose a mi interlocutora.

—Primero atacó Montana. Quiso hacerlo lo más lejos de casa, por si algo no salía bien. Le salió perfecto, ganó confianza y lo hizo más cerca, Colorado. Pero se dio cuenta de que podía estar acercándonos a su guarida y volvió a alejarse, Idaho.

Leonore arruga la frente antes de volver a meterse en su teléfono.

—Son solo suposiciones. La aguja sigue en el pajar. Son cientos de ciudades y poblados —dice con decepción.

—No es todo. Sabemos que es militar por la forma en que trabaja con los explosivos C4.

—Solo en militares activos tenemos más de un millón trescientos mil. Sin contar la reserva, los retirados y dados de baja por problemas físicos. La aguja sigue…

—¿Cuántos son zurdos?

Noto cómo el interés aparece en la mirada de todos los presentes.

—Quizá el ocho o diez por ciento —responde por reflejo. Me mira curiosa.

—El pajar se hace diez veces más pequeño. —Antes de que preguntara cómo, me adelanto—. En unas fotos no era visible o tan obvio, pero noté que en los nudos que hace para armar los explosivos el lazo izquierdo es significativamente más grande. Las manos dominantes siempre tienden a aplicar un poco más de fuerza que la otra. Pueden comprobarlo si miran en detalle las trenzas de sus zapatos.

Todos lo corroboran e intercambian miradas. La secretaria se levanta.

—Revisaremos todos los videos de seguridad en todas las cámaras de vigilancia en las zonas cercanas a los ataques. Buscamos a un hombre zurdo con apariencia militar, probablemente con un bolso. —Me mira y pregunta—: ¿Algo más?

—Deben buscar un militar que esté desempleado o que su trabajo le permita tener mucho tiempo libre. Como es obvio, debe tener algún problema psicológico, podría estar presente en sus registros médicos.

Ella asiente y hace la señal para que su personal se ponga de pie. Se me acerca.

—Gracias a ti, tenemos por dónde empezar, estábamos en blanco. Ainara Pons, recordaré tu nombre.

Da por finalizada la reunión y los presentes salen uno a uno.

—Buen trabajo, Pons —dice Bennett antes de salir.

Phillip también me felicita y se retira.

Me siento cansada pero satisfecha. Voy a mi oficina, recojo las cartas de Kim y mis pertenencias para marcharme a casa. Me anoto mentalmente comprar algo de comida india en el camino y salgo del edificio.

~

6:30 p. m.

Aunque las patrullas detenidas casi al frente de mi casa y el montón de personas intentando averiguar qué ocurrió me daban un mal presentimiento, pierdo el aliento cuando lo veo. Los ojos se me humedecen y mi respiración se vuelve arrítmica. El señor Wong yace tirado en el medio de la calle, su frágil cuerpo quedó en una extraña posición por los huesos rotos. Un auto lo atropelló y le pasó por encima.

Contemplarlo me afectó y tuve que recostarme en un auto para recuperar el aliento. Pienso en todo y en nada. Tengo la mente saturada con ideas inconexas, casos que todavía no agarran forma, vacaciones que debo tomar dentro de unos días, el sentimiento de soledad que comienza a afectarme, Hawk, el señor Wong, su hija.

Siento el cosquilleo en la nuca al recordar a Kim. Mi mente comienza a armar una teoría y mi cuerpo recobra fuerzas. Camino hacia uno de los oficiales que custodian la escena y le muestro mi placa.

—¿Alguien vio el auto? —pregunto.

—¿FBI?

—¿¡Alguien vio el maldito auto!?

—Un sedán negro.

No lo creo. Corro al buzón de la casa de Wong, no tiene número de identificación. Voy al mío, tiene el número de la casa de Wong rayado con marcador. Me pregunto por qué, y ver a unos niños corriendo mientras se lanzan piedras responde mi pregunta. Niños de mierda.

Las amenazas no eran para mí, no eran por el caso de Vanessa. Eran para Wong, por sus publicaciones en el periódico. Comenzaban a hacer ruido, la agencia de los Walker quería callarlo y los malnacidos lo hicieron. Confundieron la casa, pero no a Wong, no hay más asiáticos sexagenarios por aquí.

Abro mi auto para sacar mis cosas y hacer unas llamadas, pero ver la bolsa con comida india me da otro golpe. La había comprado para compartirla con el señor Wong. En nuestra charla de anoche y mientras bebiamos la copa, me comentó que era su comida favorita. Me siento en el auto y golpeo el volante hasta quedar sin energías. Siento rabia conmigo por no haber tomado más en serio todo lo que me decía; siento tristeza porque ese señor comenzaba a ganarse mi afecto.

Entretanto, intento recuperar la serenidad, veo cuando llega el hijo de Wong y se desploma en el medio de la calle, al lado de su padre. Me considero una mujer fuerte, no soy del tipo sentimental, pero ver esa escena me arruga el corazón y me quita el habla. Los gritos de dolor de aquel hombre nos paralizan a todos los presentes.

Nos presentaron una vez y quizá cruzamos poco más de dos palabras. Pero fui hacia él cuando se calmó y lo llevé al interior de su casa. Hablamos solo lo necesario y comimos la comida favorita de su padre. Ese tiempo sirvió para que él no tuviera que presenciar al equipo forense levantando el cadáver.

Antes de irme, me entrega una bolsa negra.

—Si mi papá fue asesinado por buscar a mi hermana, aquí está todo lo que él tenía y sabía, sus impresiones están anotadas en un diario amarillo. Por favor, atrapa a esos malnacidos.

Le prometo que lo haré, tomo la bolsa y me marcho a casa. No puedo evitar darme cuenta de que he hecho demasiadas promesas últimamente, desde que hago trabajo de campo por mi cuenta.

Apenas llego a mi estudio, desplazo todo hacia las paredes para desocupar el medio y liberar el contenido de la bolsa; fotos, recortes de periódico, facturas, números, papeles y la libreta. Ver tanta información que procesar me abruma un poco, llevo todo el día haciéndolo. Sin embargo, me juré que atraparía a los responsables de la muerte del señor Wong y recuperaría a su hija.

Bob siente mi pena y se echa en el piso, a mi lado, a pesar de tener su cojín en la sala. Su compañía me reconforta y anima un poco.

5

¿EL EXSENADOR DONOVAN WHITE?

12:05 a. m.

Me despierto sobresaltada sobre las cartas de Kim, en mi escritorio. Trato de respirar profundo para calmarme. Tuve otra pesadilla con Rachel, mi hermana. No volveré a dormir bien hasta que le haga justicia y atrape a Hawk o esté segura de que está muerto. Él la secuestró, violó y asesinó hace nueve años. Ella solo tenía dieciséis, iba a ser modelo, y yo, una reconocida cirujana.

Después de recuperar el aliento, noto el repiqueteo de mi celular, el que me despertó. Es un número desconocido.

—Pons.

—Es el portero de…

Me adelanto por la emoción.

—¡Milo! ¿¡Lo volviste a ver!?

—Lo estoy viendo en este momento, agente Pons.

Miro la hora, es tarde. Veo las cartas de Kim, recuerdo al señor Wong. Pero necesito cerrar o descartar el caso de

Vanessa para quitarme un peso de encima. Aunque fui yo quien me lo coloqué, sin que nadie me obligara.

—Voy para allá, Milo. No lo pierdas de vista.

—No hace falta. Encienda el televisor y coloque CNN.

La intriga sube de nivel y salgo disparada a mi habitación para encender el televisor. Al principio no lo entiendo.

—¿El exsenador Donovan White?

—Por usted me estoy enterando de que fue senador. Pero sí, es él, no tengo dudas.

—¿Cómo puedes estar tan seguro?

—Tengo un solo talento, nunca olvido un rostro. Y también recuerdo la cara y la propina de cien dólares que me dio el hombre que está sentado a su lado.

El que mencionó el barman.

—¿Por qué nadie lo reconoció? —pregunta.

—Fue senador hace mucho y de otro estado. Ahora, por lo que veo, es un conferencista de…

—Gurú de superación personal. Dicta seminarios y tiene varios libros. Acaba de decirlo la presentadora.

Me quedo en silencio unos segundos, tratando de ordenar las numerosas ideas y posibilidades que nacen en mi cabeza.

—Tengo que irme, agente Pons. Espero haberle sido de ayuda. Vanessa había dejado las drogas, fui testigo de ello porque la ayudé durante su embarazo. Si alguien la mató, encuéntrelo.

Antes de hacerlo, lo pienso, pero igual se lo prometo, le agradezco y cuelgo. Me pregunto si será posible. Un hombre como Donovan podría encajar en el perfil de un asesino capaz de cometer aquel crimen, si es que hubo alguno. Las razones, muchas: para evitar un escándalo por acostarse con una estríper, celos de una esposa, un embarazo no deseado. Necesito más información de White.

Vacilo al pensar que probablemente todo esto es una estúpida pérdida de tiempo, motivada por mi necesidad de mantenerme más ocupada. Recuerdo las palabras de mi psicólogo: «Eres como una bala, Ainara. Solo te detienes cuando impactas en algo. Hasta ahora has acertado en todos tus objetivos, ¿pero qué pasará cuando falles? Debes aprender a detenerte». A Phillip tampoco le agradará la idea de que investigue a un exsenador.

Antes de apagar el televisor, escucho que Donovan White estará dando conferencias en Nueva York dentro de ocho días. Normalmente me costaría esperar tanto, pero así estaré más preparada para encontrarme con él.

Por el momento, dejaré en segundo plano la investigación de la agencia de modelos porque no encontré nada en las «evidencias» ni en las anotaciones del señor Wong. Releí varias veces las cartas hasta que por cansancio me quedé dormida. Y como me ha ocurrido en otras ocasiones, trabajar en casos paralelos me ayuda a ver desde diferentes ángulos. Investigaré un par de horas e intentaré dormir, necesito descansar.

No pude volver a dormir, y ya son las diez de la mañana. Intento hacer un resumen de toda la información que recabé. Otro nuevo mapa de los Estados Unidos cuelga en la pared de mi estudio, lo llené de marcas y trazos, y en mis manos tengo muchas hojas repletas de notas con fechas, nombres y números. Es curioso que la mayor parte de la información la obtuve gracias a Internet y no por la base de datos del FBI. Solo pretendía investigar a Donovan, descubrir quién era; edad, *hobbies*, estado civil, su pasado. Sin embargo, no pude quedarme allí y tuve que imaginar lo peor. Si fue capaz de asesinar de tal modo, no era su primera vez y no será la última. Empecé desde su vida fuera de la política. Sin mi equipo, fue un trabajo de investigación monstruoso y muy rudimentario: lleva cinco años dando conferencias y viajando por casi todo el país. Ha estado en más de cuarenta estados, los ha visitado varias veces. Tengo más de ochenta casos de muertes similares a las de Vanessa Hope. Muertes accidentales en los días y ciudades donde él estuvo dictando conferencias. Descarté cincuenta porque las difuntas tenían edades mayores a los treinta —Hope tenía veinticinco— y porque están muy lejos de Nueva York para ir a indagar personalmente. Llamó mi atención que luego del descarte solo quedaron casos desde hace tres años hasta Vanessa.

Mi móvil comienza a sonar, es mi madre. No quiero atenderle, necesito pensar. Enciendo la cafetera y me dirijo al baño. El teléfono vuelve a sonar. Esta vez es Ned Mayer, el jefe del Departamento de Fraudes Electrónicos, me interesa tanto que lo ignoro y continúo con lo mío.

Necesitaba asearme, comenzaba a oler mal, y el agua fría me ayuda a canalizar las ideas.

Mientras terminaba mi ducha, desayunaba y bebía mi café, armé mi plan. La primera llamada que hago es a Phillip, para decirle que llegaré tarde. Me sugiere que me tome el día o los dos meses de vacaciones. Luego de colgar, agarro las cientos de hojas con anotaciones y empiezo a llamar a los familiares o posibles allegados de los treinta casos restantes.

Me llevó cuatro horas y recibir numerosos insultos obtener dieciocho personas con las que podría entrevistarme. Ahora debo elegir las diez más cercanas. Tengo ocho días para ir y volver, para estar aquí al mismo tiempo que White.

Mientras hago la selección en mi hoja final, siento por tercera vez el cosquilleo en la nuca cuando leo el nombre del estado de Kansas. Hay algo que estoy dejando pasar por culpa del cansancio. Me siento en el piso y cierro los ojos para concentrarme. Bob lo entiende diferente y se me echa encima, buscando afecto. Lo que no puedo evitar darle. Comienzo a besuquearlo y entonces mi cerebro lo conecta. Le doy las gracias a mi bestia negra y corro hacia el estudio. Busco con prisa hasta que encuentro las cartas de Kim.

No sé muy bien lo que busco, aunque sí sé que está en estas hojas. Las pongo a contraluz, las volteo y las comparo. No hallo nada sino a partir de la cuarta hasta la última carta en orden de fecha. En cada una, siempre comenzó el séptimo párrafo y los cinco siguientes con una palabra cuya inicial deletrearía Kansas, una letra en cada inicio de párrafo. Está dando su ubicación. Qué inteligente.

Ahora Kansas es un destino prioritario en mi agenda de viaje, pero necesito ayuda. Esto tiene pinta de esclavitud sexual a gran escala, encubierta en la fachada de una millonaria y prestigiosa agencia de modelos con dueños de buena reputación, pero capaces de eliminar a quien amenace su negocio.

La persona que requiero debe ser fácil de manipular, que no sienta con el derecho de hacer demasiadas preguntas. Necesito a un novato, un recién ingresado con ansias de escalar. No pierdo tiempo, lo busco en la base de datos del FBI y lo encuentro sin dificultad; Danny Reed de veintiún años, Kansas.

Le llamo.

—Aquí Reed.

—Agente Reed. Te habla la agente Ainara Pons de Nueva York.

—¿Cómo? ¿Pasó algo con mi solicitud? —Su voz se tensa.

—No se trata de ninguna solicitud. Tengo un trabajo para ti.

Silencio por casi treinta segundos. Le doy tiempo para que me investigue.

—Estoy viendo tu perfil en la base de datos. Acepta la videollamada para confirmar tu identidad. —Lo hago—. ¡Mierda! Sí eres tú. Creí que estaba timándome algún compañero.

—Agente. ¿Quiere trabajo de verdad y ascender o seguirá llevándole café a sus superiores?

—Estoy a sus órdenes. ¿Qué necesita?

Antes de explicarle detalladamente el caso y lo que implicaba, le hice jurarme que todo quedaría entre los dos, ya que es riesgoso para nosotros que alguien más sepa lo que haremos. Quedó en poner un puesto de observación clandestino para vigilar la sede de UpTop Model's de Kansas y que haría todo lo posible para lograr un monitoreo completo de las líneas telefónicas del lugar. Ambos prometimos, él, mantenerme al tanto de todos sus avances, y yo, que nos veríamos muy pronto.

6

¿NO ES LA ESTUPIDEZ MÁS GRANDE QUE ME HE PROPUESTO?

OFICINAS, **FBI**

Sentada en el despacho de Phillip, repaso mi ruta de investigación mientras espero el pago de mis vacaciones. Comenzaré por Nebraska, el estado más lejano, para dar tiempo a que Reed logre algún avance significativo antes de mi llegada a Kansas. Seguiré a Denver, Colorado; Santa Fe, Nuevo México; Austin, Texas. Phillip me saca de mis pensamientos al volver con los documentos que formalizan y liberan mi cheque.

Luego de firmar los papeles, entregar mi arma y placa de reglamento, me informa:

—El director de Fraudes Electrónicos estaba solicitando tu ayuda desde muy temprano en la mañana. Al parecer, un grupo de *hackers* han estado robando a una empresa durante casi dos años y llevan más de cinco millones en bitcoines. Necesita encontrar algún patrón entre las cientos de miles de transacciones, y sabe que eres la mejor. Pero le notificaré que estás de merecidas vacaciones. Me saludas a Merlina. Espero no verte en estos dos meses —dice, lo último con una sonrisa, y dándome un cordial apretón de manos.

Los fraudes electrónicos me aburren. No me agrada perder mi tiempo intentando recuperar el dinero de algún millonario que necesita un nuevo yate.

De camino a casa para hacer mi equipaje, vuelve a llamarme Merlina, mi madre. No le contesto. Me fui de su casa para distanciarme un poco y parece que no lo entiende.

A pesar de todas las cosas negativas, siento cierta emoción por emprender este viaje, por alejarme de Nueva York y por estos casos que me llevan a otro nivel muy distinto de investigación. Sin embargo, no dejo de preguntarme si no es la estupidez más grande que me he propuesto. No tengo nada en contra de Donovan excepto una coincidencia en un caso que fue cerrado como muerte accidental y muchas aun más simples coincidencias con otros; tampoco tengo algo sólido contra la agencia de los Walker, únicamente unas cartas que deletrean el nombre de un estado, las advertencias a Wong mandadas por error a mi casa y su asesinato clasificado como siniestro automovilístico con sospechoso en fuga.

Necesito atrapar a alguien, por Rachel, por mí. No pararé.

Empaco ropa suficiente para una semana, mi arma personal, una Glock, una vieja grabadora de cinta y una identificación del FBI casera. Mi Fusion tiene el maletero atascado, quedó así luego de que un imbécil me chocara meses atrás y no he tenido intención alguna de llevarlo al seguro, por lo que coloco mi equipaje en los puestos traseros. Dejo a mi bestia negra con el hijo del señor Wong, a ambos les sentará bien hacerse compañía.

Creo la ruta en el GPS del teléfono. Será un viaje de veinticuatro horas para la primera entrevista en Nebraska. Hablaré con el padre de Sophie Miller, quien murió a los veintiséis años por un traumatismo craneoencefálico al caerse de unas escaleras estando drogada con ketamina. Era una joven pelirroja muy hermosa con rasgos latinos. El señor Miller conocía su trabajo como bailarina exótica, pero asegura con vehemencia que ella jamás probó las drogas. Está convencido de que no murió accidentalmente.

~

Columbus, Nebraska

Me tomó treinta horas llegar. Tuve que descansar en un motel de carretera luego de que casi me estrellara con un camión al quedarme dormida manejando. Es mi primer viaje conduciendo, dirigiendo y tomando decisiones. Al principio me costó algo de trabajo agarrar el ritmo, ahora ansío estar detrás del volante y encuentro atractivo los paisajes, los aromas, lo desconocido.

Sin embargo, mi mente nunca se da un descanso y mi nuevo «compañero», Reed, tampoco me lo permite, es muy eficiente. Me informó que ya tiene un puesto de vigilancia y todas las líneas telefónicas pinchadas, además de varios micrófonos que logró esconder en diferentes oficinas del interior de la sede con la ayuda de una empleada de limpieza.

No me resultó difícil encontrar la casa de los Miller y el padre de Sophie me esperaba, lucía ansioso. Nos saludamos, me hizo pasar y apenas nos sentamos fuimos al punto.

—Sí, sí eres la agente especial Ainara Pons. Sabía que la muerte de mi Sophie no fue accidental. Es decir, por eso estás aquí, ¿no? ¿Fue un asesino en serie? —pregunta exaltado—. Discúlpeme por tutearla, es que es usted tan joven.

—Puedes tutearme.

—Te investigué, Ainara. Necesitaba saber quién eras. ¿Qué quiere saber sobre mi Sophie?

—Todo.

Enciendo mi grabadora.

Me contó durante más de dos horas todo lo referente a su hija. Amistades, novios, el trabajo y que sufría problemas de autoestima; nada que destacara o levantara sospechas. Aunque le creo que su hija no fuese una drogadicta, siempre hay una primera vez, y quizá esa fue también la última de Sophie. Le doy las gracias y emprendo mi marcha. El desánimo de haber manejado un día entero por nada trae de vuelta el cansancio a mi cuerpo.

Él nota mi decepción.

—Ainara, mi hija era una buena mujer. Tenía muchos problemas, pero ella nunca se refugió en las drogas. Quería e intentaba mejorar, y a pesar de que odiaba a los charlatanes, leyó libros de superación personal y fue a muchos, a muchos seminarios.

Esa última palabra hizo clic en mí y se liberó una buena dosis de adrenalina, reanimándome. Me detengo. Le pregunto si conoce cuáles fueron esos programas o quién los dictaba. Corrió al interior de la casa y me trajo varios folletos y algunos libros. Como supuse, el nombre de Donovan White estaba allí. Siento el cosquilleo que me da en la nuca cuando sé que tengo algo revelador.

—¿Donovan White le suena? ¿Sophie alguna vez lo mencionó? ¿Sabe si tuvieron alguna relación personal?

—Varias veces me habló de él. Decía que era una persona muy especial, educada, amorosa y de gran presencia. No le presté demasiada atención. Y no, nunca mencionó nada personal acerca de ese hombre.

Antes de irme, le pedí el número de la mejor amiga de Sophie y la llamo mientras busco en dónde tener una comida decente. Liz me cuenta casi en secreto de confesión que, en efecto, Sophie había salido días antes con un hombre adinerado y mayor que ella; estaba muy ilusionada.

Me detengo en un restaurante al lado de una estación de servicio y ordeno una sopa cargada de proteínas. Tengo ansias de conocer a Donovan White. Estoy segura de que no se imagina que alguien lo investiga. También espero que Reed consiga algo pronto y que Kim siga en Kansas, viva.

Luego de comer y llenar el Fusion de gasolina, creo mi nuevo destino y arranco. Me siento motivada.

$$\sim$$

Denver, Colorado

Arribé al anochecer, justo como daban mis cálculos. He manejado mucho y dormido poco, estoy agotada, pero si quiero lograr mi meta, no puedo descansar.

Estoy cerca del club de estríperes en donde hablaré con Olivia, una compañera de trabajo y amiga de Lana Campbell. Lana murió hace dos años. Se inyectó una sobredosis de metanfetamina y se ahogó en su tina. Reporte oficial: muerte accidental.

Al llegar corroboro la información que recabé con algunos lugareños, el local nocturno es de menor categoría que Angel's y queda en una zona poco recomendable. Estaciono y camino con seguridad directo hacia la entrada.

—Si no buscas empleo, largo de aquí. No aceptamos a esposas celosas —dice el enorme portero al notar mi presencia.

Lo miro y le sonrío con picardía.

—No vengo por empleo ni por ningún hombre bueno para nada. Mis intereses son otros.

—¿Cómo así?

—Vengo por… —digo y señalo con los labios a una de las estríperes que fumaba recostada en una pared— diversión.

Asiente varias veces mientras me explora con denotado morbo en los ojos.

—Tienes dinero, ¿no?

Le enseño un rollo de billetes. Él solo revisa mi cartera al no imaginarse que una mujer podría cargar una Glock oculta en la parte inferior de su espalda.

—Adelante, pero si ocasionas problemas, lo vas a lamentar.

Cuando estoy entrando me da una nalgada y se ríe. Me detengo al instante, todos mis músculos se contraen y por muy poco logro controlar mis impulsos de sacar mi arma y hacerle pedir perdón entre lágrimas. Pero me repito varias veces que no puedo perder la oportunidad y el tiempo. Aunque muy contrariada por mis instintos, continúo y termino de ingresar; Lucas, mi psicólogo, no lo creerá cuando se lo cuente.

No me fue difícil conseguirla y le pagué un baile en un cuarto privado para que pudiéramos hablar con más tranquilidad. Lo que no conseguí porque ella tuvo que bailarme en todo momento para evitar levantar sospechas en el hombre que vigilaba que todo marchara bien a través de una cámara en el techo. Me dijo que aunque Lana sí consumía drogas, nunca abusó a tal punto y que tampoco pasaba por algún problema fuerte que pudiera nublar su buen juicio. A pesar de que no la sentí segura y sus respuestas siempre fueron vagas, afirmó reconocer a Donovan en las fotos que le mostré disimuladamente en mi celular. Le pregunté por qué no le dijo nada a la policía sobre el sujeto con el que Lana se fue noches antes de su muerte, y encogiéndose de hombros mientras sus senos apretaban los míos, respondió: «Somos estrípers, nadie nos toma en serio y salimos con cientos».

Me retiro del local con la cabeza llena de ideas inconclusas, más preguntas que respuestas. Si tengo razón, Donovan White es un asesino en serie, pero también un exsenador, figura pública y un tipo con muchos contactos poderosos; debo manejarlo con cuidado. Cuando cruzo la puerta, el portero tienta su suerte conmigo por última vez y me vuelve a agarrar una nalga. Las cosas ahora son diferentes, no tengo motivos para contenerme. Saco mi arma, le quito el seguro y le apunto.

—¿¡Y ahora, maldito infeliz!? ¡Arrodíllate!

Cree que alardeo, y yo no estoy muy segura de si lo hago. Suelto un tiro al aire sin dejar de verlo fijamente, él se agacha por el susto y levanta las manos. Por momentos siento deseos de darle uno en la pierna. Las personas que están cerca ven todo sin inmutarse, nadie se mete.

—Por favor, perdóname. No fue mi inten…

—¿Crees que puedes hacerme lo que se te da la gana porque soy mujer? Eres grande y fuerte. Estás acostumbrado a dominar y no imaginaste que esta pequeña mujer podría tener un arma y matarte, ¿¡verdad!? Ahora pídeme perdón y ruega porque no lo haga.

Él lo hizo y yo no paré de apuntarlo hasta que le vi salir un par de lágrimas. Lo que me regaló mucha satisfacción.

Me monto en mi Fusion y, mientras conduzco para alejarme del lugar, decido que debo continuar hacia el próximo estado. Le llamo a Reed. Me da información interesante, en algunas llamadas de la agencia hay muchas conversaciones con términos extraños, como en clave. Y también logró descifrar la hora y el día en que harán la entrega de un «paquete». Le pido que grabe todo en video. Las cosas en Kansas empiezan a tomar forma.

Austin, Texas

Me desperté cinco horas tarde de la que fue una pequeña pero necesaria siesta. Cuando entré en la ciudad, no vacilé en pararme en el primer hotel que encontré y no me importó que la noche en el Hilton me costase doscientos cincuenta dólares; tenía suficiente dinero y demasiado cansancio. La idea de una buena cama, servicio a la habitación y una ducha con agua caliente fue irresistible.

Son las seis de la tarde. Reviso mi teléfono y tengo varios mensajes. Mi entrevistada está llegando al hotel. Veo la bandeja de comida que había ordenado y, a pesar del hambre, salgo. Me dirijo al vestíbulo y la encuentro sin problemas por su parecido con Natalie Davis, otra posible víctima de Donovan. Luce nerviosa e insegura de estar aquí.

—Ainara Pons —digo al acercarme.

—Jenna…

Mi teléfono timbra, interrumpiéndola, es Reed. Le pido a la señora Jenna que me disculpe y atiendo.

—Estoy ocupada, Reed. Sé claro y al punto.

—Identifiqué y seguí una camioneta que llevaba uno de los «paquetes» hasta una enorme mansión y de ella se bajaron tres mujeres bien vestidas. Estoy seguro de que son nuevas aspirantes a modelo. Me he mantenido vigilando la propiedad desde entonces. Está custodiada por una considerable seguridad armada. Voy a entrar, solo quería que lo supieras por si algo me pasa.

Sus palabras me dejan fría. Generalmente yo suelo ser la impulsiva.

—¡No te muevas de allí! Si cometes un error, los pondrás

en alerta y muchas vidas estarán en peligro. —Miro la hora y recuerdo el mapa; estamos en la misma zona horaria—. Saldré en este momento para allá. Llego en la madrugada. ¡No te muevas, lo haremos juntos!

—Entendido.

Me da la dirección y cuelgo la llamada.

—Señora Jenna, tengo que irme de inmediato a Kansas, pero mientras la acerco a casa me cuenta todo, ¿de acuerdo?

Su relato fue decepcionante y hubiese deseado haber hecho más preguntas cuando la llamé desde Nueva York. Natalie Davis era prostituta y también murió accidentalmente en los días que Donovan estuvo en Austin, pero su deceso ocurrió en casa y cuando Jenna estaba de visita. Una fuerte sobredosis de metanfetaminas y opioides pararon su corazón. Su madre nunca contó nada debido a la vergüenza de no haber podido hacer nada por evitar la tragedia; lo hizo por primera vez conmigo y entre lágrimas.

7

AÚN NO CELEBREMOS, REED

3:00 a. m.
Wichita, Kansas

Como indicó, su camioneta está en la cima de una colina, me estaciono a su lado y me bajo a buscarlo. Él observa con unos binoculares en dirección a la que supongo debe ser la propiedad que investigamos.

—Reed.

—Justo a tiempo —dice. Voltea hacia mí y me extiende la mano—. La guardia está cambiando y es el mejor momento para infiltrarnos. Danny Reed.

Tiene veintiuno, pero luce mayor. Es alto y atlético, guapo. Vestido de civil parece cualquier cosa menos un agente del FBI.

—Pons. Cuéntame todo mientras observo. ¿Qué hay de las chicas?

Tomo sus binoculares.

—Han entrado varios autos de lujo, pero nadie ha salido.

La propiedad es grande y, al no tener casas muy cerca, es perfecta. Pertenece a una empresa de propietarios rusos.

—¿Rusos?

No lo esperaba.

—Creo que la agencia les vende las modelos o las negocian de alguna manera. Dentro de las oficinas nunca mencionan nada de forma específica, siempre usan palabras clave: «Tenemos una comida india y dos mexicanas».

—Rusos y prostitución, ¿por qué no me extraña? Engañan a las chicas de bajos recursos prometiéndoles un futuro brillante en el mundo de la moda. Luego las venden como mercancía.

—Las que tienen familiares o personas cercanas muy pobres, incapaces de hacer algo por ellas. Estamos en Kansas y, según tu informe, la agencia tiene sedes en casi todo el país —agrega él.

—Sí. Esto está ocurriendo en muchos estados, bajo nuestras narices. Al principio hay buena comunicación, luego solo mandan cartas con fotos y cien dólares mensuales a los familiares para mantener la farsa. Y cuando alguien comienza a hacer preguntas, le niegan cualquier información; si las preguntas persisten y alteran la tranquilidad del negocio, silencian por el medio que sea.

—Entraremos, ¿no? —pregunta con decisión y una mirada seria.

—Claro que sí, Reed.

—Perfecto. ¿Algún plan?

—Pensé que tú lo tenías.

Él sonríe.

—Por supuesto. Lo haremos por el muro del lado este, hay menos vigilancia. Lo que necesito saber es cuál es el plan después de entrar. ¿Cómo sacaremos a las chicas? ¿Cuáles son las reglas? Esos hombres están armados y entrenados, nos dispararán sin titubear.

Es temerario, inteligente, muy capaz, pero novato al fin.

—No rescataremos a nadie, Reed, no hoy. No entraremos en combate a menos que no haya otra opción y tendremos que disparar a matar…

—¿No rescataremos a nadie? ¿De qué me estás hablando?

—Acabamos de entender la magnitud de la operación que se está manejando en todo el país. Nosotros dos solos, quizá y con suerte, podríamos salvarle la vida a las chicas que estén hoy allí, pero eso alarmará a los jefes y ellos modificarán todo para evitar daños colaterales y más pérdidas de «mercancía». Por eso te pedí las cámaras, entraremos allí por pruebas, documentaremos todo. Luego irás con toda la evidencia a hablar con el director del FBI para armar el operativo más grande y secreto del siglo. Tendrán que hacer un trabajo sincronizado en casi cuarenta estados para poder desmantelar y atraparlos a todos. La clave está en no permitir la fuga de información, no deben esperarlo, es la única manera de salvar más vidas.

Pasan unos segundos y, al no recibir respuesta, volteo a verlo. Reed me observa fijamente con una mirada y una sonrisa extrañas.

—¿Qué ocurre, Reed?

Se me acerca un poco.

—¿Cuándo pensaste todo eso?

—Justo ahora.

—Realmente eres la mente anticrimen de la década y la foto no te hizo justicia, eres más hermosa en persona.

Él se sonroja, creo que yo también. Nadie me decía algo así desde hace mucho.

—Lo siento, Ainara. Pensé en voz alta. A veces hablo demasiado.

—No, no te preocupes, pero mejor llámame por mi apellido.

—De acuerdo, Ainara. Tú puedes decirme Danny —dice sonriendo y no puedo evitar que mis labios también se curven.

No sé si por la forma en que me mira o por su necia insistencia de llamarme por mi nombre.

—Reed…

—Hay movimiento —dice y toma los binoculares.

Ambos observamos y conversamos por un rato. Llegaron numerosas camionetas y camiones con carga que por nuestra posición no logramos identificar. Entendimos que no podríamos entrar en ese momento. Y aunque no era una opción en mis planes, decidimos tomar un descanso. Le insistí en que buscaría un hotel, sin embargo, él insistió aún más ofreciéndome estadía en su casa. Me juró que dormiría en la sala sin ningún problema.

Mientras entramos al edificio, no puedo evitar preguntarme qué estoy haciendo. No tengo ninguna otra intención más que dormir, pero este no es mi comportamiento normal; nadie me convence de nada con tal facilidad.

Enciende las luces con apremio. Vive solo, el lugar es un desorden. Con movimientos toscos trata de acomodar y habla tan rápido que no le entiendo bien; luce tan nervioso que me provoca gracia. Es un niño.

—El cuarto y baño están por allá. En la refrigeradora hay *pizza*. También puedo preparar algo mejor. Hay café para hacer. Si te quieres bañar, hay toallas limpias. No digo que necesites un baño.

—De acuerdo, Reed. —Él continúa moviendo cosas y hablando, me obliga a gritarle—: ¡Reed!

Se detiene. Le advierto que tomaré el sofá de la sala y que debemos acostarnos de inmediato o de lo contrario me marcharé.

$$\sim$$

5:00 p. m.
Towne East Square

Dormí más de doce horas en aquel sofá, en la casa de un completo extraño. Es curioso dónde mi mente y cuerpo deciden relajarse a tal punto. Reed me dejó comida preparada y una nota indicándome que estaría en la oficina porque debía cumplir su horario, nos encontraríamos en la noche para cenar y planear el golpe.

Tomo mi segundo café mientras espero por Amara Allen, quien viene desde Kansas City. El caso de su hermana Maya es de mucha importancia para la investigación. Era prostituta y su muerte fue muy parecida a la de Vanessa Hope.

Amara llegó por detrás de mi mesa, con apuro y sin muchas formalidades. Me contó que trabajó en el mismo club nocturno que Maya, pero como mesera. Me aseguró que conoció a Donovan White y al hombre que lo acompañaba, les sirvió tragos la misma noche que él se fue con su hermana a un hotel cinco estrellas. Jamás imaginó que aquel hombre tendría una intención diferente a saciar sus deseos carnales, como cualquier otro cliente, y todo transcurrió con normalidad hasta que una mañana dos días después Maya Allen amaneció muerta en el interior de su auto encendido, asfixiada por los gases tóxicos y con altos niveles de *crack* en la sangre. Su relato me puso los pelos de punta al entender que, aunque todavía no tengo pruebas suficientes para solicitar una investigación formal contra un hombre con tal «reputación», tengo razón, el exsenador es un asesino que lleva años matando por deporte.

Llamo a Reed luego de terminar mi reunión. Me pide que

nos encontremos en su casa para cenar y terminar de hacer los preparativos de la misión que nos une.

Cuando me abre la puerta y entro al apartamento, todo luce ordenado. La mesa está servida con una comida que huele deliciosa, una botella de vino, copas y velas.

—¿Qué es esto, Reed? ¿Por qué?

—¿Es demasiado?

—¡Sí!

—Lo siento. Yo… nunca traigo a nadie a casa. Vivo solo, no tengo amigos. Antes tenía a mi hermano, pero murió en servicio. No, no fue mi intención exagerar…

Sus palabras coinciden tanto conmigo que las puedo sentir como propias.

—Danny, está bien. No hay problema. Quizá una buena comida y una copa sean lo que necesitamos antes de una misión tan peligrosa.

—¿Lo crees? —pregunta, animándose.

—Veamos qué preparaste. —Tomo la botella y una copa —. ¿Te sirvo?

—Mejor no. Aún no me acostumbro y necesito estar al cien.

Yo sí me sirvo una. Conversamos mientras comemos un delicioso espagueti con albóndigas.

—¿Qué hay de tus padres? —pregunto.

—Murieron cuando éramos niños. Desde ese momento fuimos Dominic y yo solos contra el mundo. —Baja la mirada —. Hasta que murió.

—Lo siento.

—No te preocupes, no es más difícil que…

Lo miro a los ojos antes de que termine, sin embargo, libero un suspiro luego de terminar la copa.

—Ya no me duele hablar de mi hermana, pero no quiero recordar cómo murió —dije un poco afectada.

—¿Cómo era Rachel?

—Era alocada, divertida. De buen corazón, incapaz de mentir por maldad. Hermosa, mucho más que yo.

—Nadie podría serlo tanto.

No puedo evitarlo y una pequeña sonrisa se me escapa.

Continuamos hablando hasta que apoyo mi cabeza en la mesa y poco a poco me voy quedando dormida.

12:00 a. m.

—Ainara, Ainara. Es una pesadilla, despierta.

Al abrir los ojos, veo que tengo sujetado a Reed encima de mí. No es Hawk y Rachel sigue muerta.

—¿Estás bien? —pregunta

Noto que estoy en el sofá.

—¿Qué hago aquí?

—Te quedaste dormida y te cargué. Es la hora, debemos irnos.

Recogemos todo y nos vamos al lugar. Lo hacemos en su camioneta, yo de copiloto.

—Nunca había tenido compañero —dice.

—Ni yo.

—Se siente bien —responde. Es cierto—. Aunque sé que no durará mucho, gracias por la oportunidad de hacer algo más.

—Aún no celebremos, Reed.

Observamos desde la colina hasta las dos y cincuenta. Pronto harán el cambio de guardia. Repasamos su plan. Él supone que las mujeres deben estar prisioneras en la casa de invitados que queda en la parte trasera de la propiedad.

Entraremos por el lado este, evitaremos las cámaras, de las que conocemos su ubicación, y avanzaremos por las zonas verdes.

Amparados por la luz de la luna, encendemos nuestras pequeñas cámaras de video e iniciamos el procedimiento. Siento cómo la adrenalina y los nervios me invaden a medida que nos acercamos a hurtadillas. Es emocionante y escalofriante. La Ainara de hace un mes atrás no creería en qué acabaría metida. Reed es muy profesional a pesar de su juventud y tampoco muestra signos de temor o estrés, por momentos me recuerda al pesado de Bennett.

Esperamos que más de la mitad de los hombres armados partan en un furgón para saltar el muro.

—¿Por qué lo haces, Ainara? Yo quiero ascender, pero tú ni siquiera quieres que tu nombre salga involucrado cuando acabemos con esta organización criminal.

—Una buena persona murió por buscar a su hija, se lo debo. Saldar mi deuda y rescatar más chicas es suficiente. No me interesa lo demás.

Se me queda viendo por unos segundos.

—Es el momento, saltemos —dice al fin.

Avanzamos bordeando la propiedad, arrastrándonos por la tierra y corriendo cuando podemos. Encontramos la casa de invitados y nos detenemos a verificar el perímetro.

—Pensé que habría más cámaras —comento.

—Las pocas son para mantener el control logístico, están seguros de que nadie los visitará sin avisar.

Tiene sentido.

Enfilo hacia la entrada, pero Reed me toma por la mano.

—¿A dónde vas? Debe haber una puerta trasera.

Me siento la novata.

—De acuerdo.

Rodeamos la casa. Hay un hombre armado, fumando de

espaldas a nosotros. Reed le propina un fuerte golpe con la cacha de su arma, lo desploma. Nos paramos delante de la puerta.

—No creo que haya más de uno dentro, si las cosas se complican, disparamos primero —advierto y él asiente.

—Grabemos todo y salvemos vidas.

Entramos sigilosamente.

Estamos en la cocina. Hay una chica muy drogada y semidesnuda sentada en una mesa.

—¿Es una de las que entró la otra noche?

—No tengo idea. Solo su madre podría reconocerla en ese estado.

La dejamos allí y continuamos. Avanzamos por un pasillo que da a varios cuartos, en la mayoría hay mujeres acostadas en camas o en el piso, algunas amarradas y todas drogadas. He visto fotos y escuchado testimonios de lugares así, pero presenciarlo es desgarrador. Me resulta difícil controlar la rabia e impotencia.

—¿Estás bien? —pregunta Reed.

—Sí. Intentemos hablar con alguna.

Solo una pudo decir algo: «Ayuda». Aunque dudé mucho, Reed me hizo atenerme al plan; intentar sacarlas en ese estado era imposible y tardarnos más en ese lugar nos expondría a ser vistos, la operación fracasaría antes de empezar. Las dejamos allí y salimos de la propiedad.

No hablamos en el camino hacia el apartamento, Danny supo entender que no lo deseaba. Cuando llegamos, le explico detalladamente cómo hará las cosas y con quién deberá hablar. Nada de jefes de división, irá con el director del FBI.

—Nos conocimos hace dos años. Dirás que yo te he enviado y con eso será suficiente para que te preste atención. Nuestra investigación y las pruebas en video bastarán.

—Entendido, Ainara. Encontraré a Kim Wong y a Luisa

Sánchez. ¿Estás segura de que no quieres que tu nombre aparezca?

—Sí. Con que esas mujeres recuperen sus vidas y los Walker paguen es suficiente.

—¿Irás por el tal Donovan?

—Sí. También caerá.

Reed baja la mirada y yo continúo caminando hacia mi Fusion.

—Supongo que no nos volveremos a ver.

—Supongo que no. Pero quién sabe, quizá después de este gran caso te den ese traslado a Nueva York.

Le guiño el ojo y él me regala una última bonita sonrisa mientras me marcho con la luz del amanecer.

8

DE VUELTA AL ASTORIAN

***Días* después**
Nueva York

Estoy en el salón de conferencias donde Donovan White dictará otra ponencia de superación personal. El lugar está repleto de individuos de diferentes etnias y diferentes niveles sociales. Tomé un puesto en la parte trasera y medito mientras espero que comience el evento.

Por fallas en el auto y escasez de tiempo, solo pude ir a ocho entrevistas. De las cuales, en una sola, la de Amara Allen, tuve confirmación en un cien por ciento de que White tuvo contacto con la víctima en los días previos a su muerte; en otras cuatro, en aproximadamente un setenta y cinco por ciento; en las tres restantes, nada.

Cuando por fin sale Donovan, veo a un brillante y descarado asesino. Sin embargo, a medida que avanza en su charla, entiendo a lo que Sophie Miller se refería. El hombre, su excelente físico, su actitud, su carisma, lo que dice y la forma en que lo hace, te transmiten una cierta e inevitable admiración, te hacen sentir que estás al frente de una persona superior, una que ha encontrado a la evasiva paz interna y a su verdadero propósito de vida. Provoca que en ti nazca un deseo de alcanzar ese estado.

Lamentablemente para White, él me recuerda a mi padre, un ciudadano humanitario, servil y ejemplar en la calle; un hombre soberbio, engreído y desgraciado en casa, que no dejó pasar un solo día sin culparme por el asesinato de Rachel hasta que al final se divorció de mi madre y se marchó para siempre. Por lo que soy inmune a este tipo de hombres, los reconozco.

White es un asesino en serie casi perfecto. El hombre que acompañó a White en la entrevista en CNN y en sus noches de fiesta a los clubes sale también a dar un discurso. Es quizá un poco más alto que yo, algo relleno y de piel blanca, su aspecto en general es encantador. Se llama Josh Cook, psicólogo y psiquiatra.

Luego de terminada la oratoria, espero media hora por White mientras habla con los frenéticos participantes, quienes no dejan de buscarlo para pedirle autógrafos, fotos y algún consejo. Aprovecho para observarlo con detenimiento. Siempre sonríe, y aunque todavía no le encuentro la mirada de psicópata, solo es cuestión de tiempo.

Me acerco.

—Señor White.

—A su servicio, ¿señorita?

—Pons.

—¿Le ha gustado la conferencia? ¿Quiere que le firme algo? —pregunta con simpatía.

—No, vengo a conversar sobre Sophie Miller.

—¿Disculpe?

—Sophie Miller, de Columbus, Nebraska. —Su expresión

de confusión parece real—. Maya Allen, de Wichita, Kansas. ¿Tampoco? Qué le parece el nombre de Vanessa Hope, de aquí. La estríper del club Angel's.

Su cara cambia por completo, sus ojos se oscurecen y de inmediato busca con la mirada a alguien. Parece que lo encuentra porque hace un gesto.

—Llevo años soportando esto y he pedido respetuosamente a los periodistas que no se metan en mi vida privada, tú has sobrepasado la línea. ¿Para quién trabajas? No importa, mi equipo lo averiguará, considérate despedida.

Su buena vibra, su cordial sonrisa y su carisma desaparecieron tan bruscamente que me sorprendió y tardé en responder.

Se da media vuelta para marcharse.

—Soy la agente especial Ainara Pons, FBI.

—¿¡FBI!? —exclama bruscamente el hombre que se acercaba, Josh Cook—. ¿En qué lío nos metiste, Donovan?

La gente comenzaba a voltear con curiosidad.

—¿Qué demonios voy a saber? ¡Esta loca mujer llegó haciendo preguntas sin sentido!

Aquel hombre que salió a dar un discurso de ayuda, superación y paz, había cambiado totalmente y cada vez se volvía más evidente para todos en el salón.

—¡Todas esas mujeres que le mencioné y con las que usted tuvo relaciones están muertas! —digo en voz muy alta, más de lo que deseaba.

—¡Por Dios! ¡Qué está diciendo, agente! Le suplico que vayamos a otro sitio. Como entenderá, no es el lugar ni el momento.

—¡Loca! Si sigues por este camino, te arrepentirás el resto de tu vida —dice Donovan y se marcha iracundo.

Iba a gritarle algo más, pero Josh Cook me pide muy educadamente que me calme y acepto su invitación a salir por un café al restaurante del hotel. Me interesa lo que pueda decir.

Le cuento todo en detalle para evaluarlo y recibir su opinión como psicólogo. Escucha atento y sin interrumpirme. Sirven un par de mocas, pero ninguno de los dos prestamos atención. Comienza contándome que lleva poco más de un par de años trabajando con White.

—Eres quien lo acompaña a los clubes nocturnos —le digo.

—Sí. Somos un par de amigos divorciados que viajamos mucho y le sirvo de contención. Tiene una reputación que mantener.

—¿Contención?

Medita sus palabras.

—Después de su divorcio y salida de la política, perdió su camino y se convirtió en un alcohólico reprimido. Yo lo ayudé a salir de allí en mis consultas. Luego de unos años me contactó para que formara parte de su equipo. Me divorciaba en ese entonces, como él tenía éxito, vi una oportunidad y decidí acompañarlo. Nos volvimos grandes amigos, hacemos negocios y nos cuidamos desde ese momento.

—Después de todo lo que te he dicho, ¿crees que las haya matado? ¿Ves un perfil psicológico de asesino?

—La psicología criminal no es mi especialidad, Ainara. Donovan es un hombre temperamental, a veces agresivo, controlador y engreído, pero no un asesino. En verdad ha ayudado a muchos, soy testigo. Libera el estrés con sexo casual, ¿quién no?

—¿No es demasiada coincidencia las muertes y su relación con ellas?

Por un momento me distraigo en sus ojos, son de un azul intenso. Es un hombre apuesto y cuida mucho su apariencia. El olor de su perfume es increíble.

—Realmente lo es. Pero sigo sin creer que sea posible. Te sugiero que hables pronto con tu jefe, pues Donovan es rencoroso y conoce a mucha gente importante, si puede, te meterá en problemas. Heriste su reputación en un salón lleno, no lo dejará pasar.

Es cierto, y comienza a preocuparme.

—¿Qué crees que fue a hacer Donovan en este momento?

—Encerrarse en su habitación a tomarse un trago mientras busca cómo acabar tu carrera.

Me dice que fue un gusto conocerme, me entrega su tarjeta y me pide que lo llame para lo que quiera. Sonó más a una insinuación y nota que me sonrojo.

—Discúlpame. No quise... —Se muerde los labios y entonces lo supe antes de que lo confesara—. Soy gay y el motivo por el cual dejo esta interesante conversación es porque mi cita me espera en este momento. Por favor, márcame si necesitas hablar. Será un placer atenderte.

Cuando atravieso el vestíbulo para salir del hotel, entra una llamada en mi teléfono, es Phillip. Aunque me lo esperaba, me sorprende la prontitud. Entre gritos, reclamos y sin dejarme explicar, me informa que la fiscal general de la ciudad lo llamó exigiéndole que sus agentes no vuelvan a molestar al exsenador con absurdas acusaciones y pidió mi suspensión. Me advierte que ni con el pensamiento agreda a White o seré despedida. No puedo salir del FBI, no sin antes atrapar al asesino de Rachel. Debo detenerme y olvidarme de Donovan, pero sé que en este punto ya no podré parar.

Preparo algo de comer para Bob y para mí mientras distraigo mi mente conversando con Reed por teléfono. El director le encargó la misión de buscar y elegir a diferentes agentes en todo el país para asignarles la tarea de espiar las sedes de UpTop Model's, todos le rendirían cuentas solo a Reed y quien difunda información sería acusado penalmente. Me actualiza y cuenta que todo va según lo planeado, tienen información clave en treinta ciudades y todos los altos cargos del FBI de los diferentes estados se están reuniendo en Washington en este momento, incluido Phillip. Ninguno sabe de qué se trata el llamado, ni lo sabrán para evitar la fuga de información, y tendrán que preparar un operativo para dentro de doce horas sin saber cuál es el objetivo.

—Me terminé la botella de vino que empezaste aquella noche —dice.

No puedo evitar que sus tontos e innecesarios comentarios me hagan reír.

—¿Te embriagaste cuando el director del FBI te ha asignado la tarea más grande y secreta de los últimos tiempos en suelo americano?

Reed se carcajea.

—Espero que no estén grabando nuestras conversaciones. —Se calla por unos segundos—. He pensado mucho en cómo mi vida ha cambiado desde que apareciste, Ainara.

—Danny…

Otra llamada entra en mi teléfono y le digo que hablamos después. El número es desconocido.

—Pons.

—No me fue nada fácil encontrar tu número.

—Identifíquese o cortaré la llamada.

—Amy Evans.

Me sorprende, no lo esperaba y me intriga saber qué quiere.

—La periodista del New York Post. Gracias por el artículo que escribiste sobre mí.

—Imaginé que te encantaría, pero no te llamo por eso.

—Lo sé.

—Te vi en el salón de conferencias con Donovan White. Quisiera conversar sobre eso. Te prometo que todo quedará entre nosotras. Estoy en Queens tomando una copa, me encantaría que me acompañases o puedo ir a donde quieras.

—Dame la dirección y llegaré.

The Astorian

Conozco el lugar, he estado aquí más veces de las que puedo contar sin avergonzarme. Localizo a Amy sin problemas, está sentada en un mueble hacia la esquina donde queda la chimenea. Ella viste ropa muy elegante y al acercarme noto su gran esfuerzo en el maquillaje, luce hermosa.

—Amy.

—Ainara —dice y se levanta para darme la mano—. Es un gran placer tenerte aquí.

—El placer es mío.

Tomo asiento y un mesero se nos acerca. Ambas pedimos un martini seco.

—Fui a la conferencia porque tenía pautada una entrevista con el exsenador y entonces tú apareciste allí, Ainara Pons, acusándolo frente a todos de la muerte de unas estríperes. Fue impactante, quedé fascinada. Por favor, cuéntame todo lo que sabes de Donovan White. Puedo hacer una historia para el periódico utilizando solo la información que permitas.

Es justo lo que necesito. Vine preparada, le mostré las grabaciones de audio que tomé en las entrevistas y mis anotaciones, entretanto le relataba los eventos desde la aparición de la madre de Vanessa Hope hasta mi encuentro con Donovan. Bebimos más de cinco cocteles cada una en el proceso.

—Es realmente atroz esta información y te creo cada palabra, ese hombre es un monstruo…

—¿Pero?

—No hay nada sólido con qué atacar, es muy peligroso soltar una acusación así. Me van a destruir a punta de demandas.

—Entiendo, Amy, y no quisiera ser la causante de ello. Pero ¿y si te digo que te puedo dar información de primera acerca del operativo más grande que jamás se haya hecho en los Estados Unidos?

—¿Qué tan grande?

—Dudo que ocurra otro igual en décadas. Me prohibieron seguir investigando a Donovan. Si no hacemos algo, quedará libre y continuará asesinando a mujeres inocentes. Que me llamaras me dio esperanzas. Si lo provocamos, lo exponemos y lo sacamos de su zona de confort, se precipitará, se equivocará, y te juro, Amy, que yo lo estaré esperando.

—Puedo perderlo todo e incluso ir a la cárcel.

—No lo permitiré, lo atraparé antes que pase.

Se toma hasta el fondo lo que resta de su trago.

—De acuerdo, Ainara. Tienes mi palabra. Me llevará un par de días porque investigaré un poco por mi lado. Ahora cuéntame sobre esa operación sin precedentes.

—No puedes mencionar mi nombre jamás y solo podrás publicar la noticia después que ocurra. —Miro mi reloj—. Dentro de ocho horas. Son las únicas condiciones.

Ella asiente y yo pido otra ronda de tragos.

9

LE DECÍAN KITTY DIAMOND

Días después

Con la llegada del invierno, es publicada la historia en la portada principal del periódico tal y como acordamos. Al mediodía el escándalo había llegado a los noticieros. Lo que no imaginé fue que el impacto en el público americano sería porque un exsenador y gurú de la superación personal visitaba locales nocturnos y no por su posible vinculación con extrañas muertes. Sin embargo, Donovan debe estar descontrolado.

Lo del operativo que se armó y ejecutó contra la agencia aún sigue siendo noticia en todo el mundo. Reed ha sido condecorado y entrevistado muchas veces. Estoy muy feliz por él. Los hermanos Walker huyeron del país, se presume que están en Rusia. El FBI está tras la pista de la mano derecha de Liam Walker, Carl Davis, quien no pudo salir de suelo americano. La letra en las notas de amenaza que mandé al laboratorio y uno de sus autos negros lo vinculan de manera directa con el asesinato del señor Wong. La prestigiosa agencia UpTop Model's ha sido desmantelada juntamente con empresas de origen ruso, chino e italiano que compraban a las chicas. Hay más de setecientos detenidos que serán investigados a fondo para determinar su participación, más de cuatrocientas mujeres fueron liberadas, entre ellas Kim. Luisa no aparece y, según testimonios de otras víctimas, probablemente esté muerta y enterrada.

Todo marcha bien por el momento, sin embargo, me apresuro a continuar con lo planeado. Mi primera movida es llamar a Phillip y asegurarle que, al igual que con el caso de la agencia, tampoco tuve relación, la publicación del periódico fue de autoría de Amy Evans, quien casualmente se encontraba allí cuando acusé a White en público. En tono de pocos amigos, me advirtió que ante cualquier represalia legal estaría sola, el FBI se desligaría por completo.

Mi segundo movimiento es contactar con un especialista en operaciones de espionaje de nuestra unidad, que acepta trabajos clandestinos si la paga es buena. Quedamos en que vendrá a mi casa dentro de una hora. Aprovecharé para visitar la de los Wong y obtener noticias sobre Kim.

Toco la puerta. Cuando Liu la abre y me ve, sus ojos se humedecen instantáneamente.

—Gracias, gracias. —Se acerca y me da un sorpresivo abrazo—. Sabemos que fuiste tú. Mi papá siempre tuvo la razón en que algo estaba mal y en creer en ti.

—Solo hice mi trabajo, Liu, no tienes que agradecerme.

—Un trabajo del que ni siquiera tomaste crédito, Ainara. Eres un ángel. Ven, pasa, quiero que conozcas a mi hermana.

—¿Qué hace aquí, Liu?

—Ven, pasa.

Kim peina su cabello con la mirada perdida cuando entramos a su habitación, tarda varios segundos en notar nuestra presencia. Luce delgada, pálida y aún tiene moretones en su cuerpo. Verla me recordó a las mujeres en Kansas, menos mal que ahora están a salvo.

—Kim, ella es de quien te hablé, la agente Ainara. Ella fue quien ayudó a papá e hizo posible que estés aquí con nosotros.

La chica se arrodilla ante mí y comienza a besarme la mano mientras me agradece entre lágrimas. Me inclino a su nivel para devolverle el afecto. Lo hago por un rato y noto temblores en sus manos. Entre Liu y yo la acostamos en la cama para que descanse. Luego salimos del cuarto.

—Liu, la adicción a las drogas a las que fueron sumergidas es delicada. Al igual que el resto de las víctimas, Kim necesita ayuda para ser rehabilitada. No debería estar aquí, no sé cómo lo permitieron. Liu, debes llevarla y el Gobierno se encargará de todo.

—Pensé que el mejor lugar sería su casa.

—Lo será, una vez esté rehabilitada.

Liu promete encargarse de llevarla al centro de rehabilitación tan pronto Kim despierte. Yo me marcho a casa.

Mientras reviso la base de datos del FBI en busca de algún nuevo caso que me dé alguna pista de Hawk, mi teléfono suena y en la pantalla dice número desconocido, debe ser Jones.

—Es la casa marrón, al frente está el Fusion negro con el maletero chocado.

—Eso ya lo sé, agente Pons. El auto está muy deteriorado, debería cambiarlo con el dinero que cobró de sus vacaciones, ¿o lo gastó todo investigándome?; y quite la nieve que se le está acumulando al frente.

Reconozco su voz de inmediato. Corro a la mesa de noche

de mi cuarto, agarro mi Glock y le quito el seguro. No esperaba una respuesta tan frontal ni rápida.

—¿¡Qué quieres, Donovan!? ¿No ha sido suficiente por un día?

—¿Suficiente? Esto apenas comienza, muchacha. No debiste hacer eso. Primero acabaré con tu mundo, como tú acabaste con el mío. Nos vemos pronto.

La llamada termina y de pronto suena el timbre de la casa. Mi respiración quiere agitarse, pero la controlo. Camino hacia la sala. Bob ladra y corretea en círculos.

—Bob, ven a mi lado. —Lo tomo por el collar y grito—: ¿Quién es?

—Jones, ¿esperas a alguien más?

Ahora espero cualquier cosa. Esa llamada fue una advertencia de que ya me investigó, me vigila y que me puede convertir en su víctima en cualquier momento. Libero un suspiro y a mi bestia, quien se tranquiliza al verme más serena.

Jones pasa y le explico la situación. Por dos mil dólares, acepta el riesgo de trabajar conmigo y espiar las comunicaciones del exsenador. Es necesario para poner la balanza a mi favor. Le pago la mitad por adelantado.

Siempre he pensado que cuando las cosas parecen ir muy bien, la vida siempre se encarga de equilibrar la balanza. Avanzada la noche, mi «tranquilidad» es robada con el estallido de un vidrio en la sala, esta vez la advertencia es para mí. Carl Davis sigue en Nueva York y quiere venganza. Tengo detrás de mí al poderoso y millonario exsenador Donovan White, ahora también a un exmilitar muy cabreado; ambos con una gran carrera llena de homicidios.

Pienso en irme a un hotel para estar más segura e intentar descansar, sin embargo, no les daré el gusto de hacerme huir de mi propia casa. Así que tranco todas las puertas y ventanas, las refuerzo atravesando objetos pesados. Duermo en la tina del baño, con Bob a mi lado, con el chaleco puesto y el arma en mis piernas, además de varios cargadores.

El repiqueteo del celular me despierta. Es el pesado de Tim Harper, mi contacto de la Policía. ¿Qué demonios querrá? Veo que son las nueve de la mañana. Es muy tarde para mí y me sorprende que lograra dormir algo más que las usuales cuatro horas, en una incómoda tina y cuando tengo dos amenazas de muerte. Soy una persona muy extraña.

Aún somnolienta, atiendo. Solo para callar el aparato.

—Pons.

—Estoy al frente del cadáver de Wynona Martin, le decían Kitty Diamond. Trabajaba en el mismo club que la tal Vanessa Hope, pensé que podría interesarte.

La piel se me eriza. Me pongo de pie tan rápido que me mareo y por poco vomito. Le pido la dirección y salgo hacia allá.

Su cuerpo está tendido sobre una cama empapada de sangre. Los peritos todavía fotografían la escena y recolectan pruebas. Kitty tiene el cuello cortado y muchos golpes en el rostro. Fue una muerte espantosa, puedo imaginar su terror y dolor. Es un claro mensaje de ese malnacido. Quiere que le tema, pero consigue lo contrario, mi respiración se acelera y puedo sentir la vena de mi frente palpitar. Tengo rabia, mucha rabia.

—¿Entonces sí tiene algo que ver con el caso de la tal Vanessa Hope? —pregunta Tim sin interés y mientras enciende un cigarrillo.

—No. Debo irme.

Cuando me doy media vuelta, dice:

—¿Y nuestra cita?

Lo miro por unos segundos, me contengo y solo me marcho.

Estoy furiosa conmigo y llena de impotencia. Sé que es culpable, sé que quiere jugar conmigo, pero no sé cómo atraparlo sin el apoyo y los recursos del FBI. Quizá no debí hablar con la reportera, Kitty seguiría viva. Quiero matar a ese desgraciado. Aunque sé que en el estado que estoy no debo hacerlo, lo hago. Llamo a Jones y le pido que rastree el celular de White. En menos de un minuto me envía la dirección. En este punto y conociéndome, soy una bala que ha sido disparada. Solo me queda impactar.

Amy me llama por segunda vez mientras conduzco a toda velocidad. No deben ser buenas noticias, no quiero atenderle, sin embargo, se lo debo.

—Dime, Amy. Estaba ocupada visitando un cadáver.

—Despidieron a mi editor, llevaba más de veinte años en el periódico. Seré la próxima, Ainara. El abogado de la empresa vino a verme para advertirme de las consecuencias. Donovan White soltó a sus mejores perros para acabarme. Me van a despedir sin importarles la primicia que les di sobre el operativo de la agencia de los Walker. Todos comentan que es mi fin. ¿Qué haremos?

No puedo pensar con claridad en este momento.

—Anoche asesinó a otra mujer inocente, Amy. Voy a confrontar a ese hijo de puta. Te llamo apenas me desocupe y arreglaremos todo. Te lo prometo.

—De acuerdo, Ainara. Confío en ti.

Aprieto más el acelerador.

10

PERDIENDO LA CORDURA

Arribo al lugar manejando descontroladamente y dejando el auto mal estacionado. El *valet parking* del lujoso restaurante me pide las llaves, por reflejo se las lanzo. El portero intenta preguntarme algo, le muestro mi placa casera y paso sin titubear. Entro con tanta brusquedad que sin querer me llevo por delante un adorno que termina cayendo al suelo. Muchos voltean a verme, pero, sin darme importancia, continúan en lo suyo. No él. Donovan me reconoce con la mirada y me sonríe mientras mastica. Aunque me suplico internamente «cálmate, cálmate, puedes controlarte», la ira me domina.

Me apresuro hacia él.

—¿Por qué? —pregunto de la forma más calmada posible y siento que se me clavan las uñas en la palma por apretar demasiado fuerte los puños en mi intento de desviar la rabia.

—Buenos días, agente Pons. ¡Qué placer encontrarnos aquí! ¿Gusta acompañarme a un café por lo menos?

—Deja el cinismo. ¿Por qué lo hiciste? Dime por qué, dímelo ya. Dímelo, dímelo.

—No la entiendo, agente. ¿Se siente bien?

Se mete un bocado y lo mastica muy pacientemente.

—¿¡Por qué la mataste, maldito enfermo!? ¿Por qué? ¡Ella no tenía nada que ver! ¿No ibas contra mí? ¡Cobarde! —suelto en voz alta.

Los comensales y empleados en el restaurante voltean. Él se mantiene masticando, pero cuando termina de tragar, me responde:

—No sé de qué o de quién me habla. Si quiere conversar conmigo, por favor, siéntese y compórtese.

Un hombre bien vestido y de cabellos blancos se ubica a mi lado.

—Donovan, ¿todo se encuentra bien?

—Por supuesto, hombre. Mi amiga es una bromista. Los presento. —Me señala a mí y luego a él—: Agente especial Ainara Pons del FBI; Ned Abrahams, nuestro querido alcalde.

Ante la presencia de la máxima autoridad de la ciudad, mis ánimos se calman un poco porque no necesito otra queja con mi jefe. Le tomo la mano y me disculpo por mi comportamiento.

Me siento en la mesa, al frente de White.

—¿Por qué mataste a Kitty Diamond, Wynona Martin? ¿Por qué las mataste a todas?

—No sé de quiénes me habla, agente. ¿Wynona? Ya se me olvidó con quién dormí anoche —comenta burlonamente.

—Sophie Miller, Lana Campbell, Maya Allen, Zoey Green, Emma Parker, Vanessa Hope…

Se encoge de hombros mientras prueba su postre, concentrándose más en este.

—Ninguna me suena. Soy un hombre soltero con una vida sexual muy activa que a nadie le compete. No es un delito en los Estados Unidos.

—Las cosas cambian cuando hay asesinatos.

—¿Asesinatos? Todos esos casos son muertes accidentales.

—¿Tienes un tatuaje de águila en la espalda?

—¿Es un crimen?

Cambia de postura y se acerca, inclinándose un poco hacia mí.

—Hablemos de usted. ¿Cómo siguen las cosas con su padre?, ¿aún la culpa? Por qué no deja de perder el tiempo conmigo y sigue buscando a Jerry Hawk. Debes tener pesadillas con la pobre Rachel. —Me mira detenidamente—. ¿Son muy frecuentes?

—No te atrevas a nombrarla otra vez o no respondo. ¿Dónde estuviste anoche?

Sonríe y toma otro bocado de su postre. Quiero ahorcarlo. Es como si viera a mi padre, sus gestos, su arrogancia, su cinismo. Ayer me llamó amenazándome, mató a Kitty y hoy actúa con absoluta normalidad.

—¿Quiere que le pida uno? Este *gelato* está exquisito. ¿No? Usted se lo pierde. Estuve en mi habitación, lo puede comprobar.

—¡Mentira!

—Te fuiste de fiesta y dejaste sola a Rachel. El terrible asesino en serie, Jerry Hawk, con su fachada de vecino confiable la secuestró porque vio la oportunidad que dejaste. La pobre apareció una semana después, estrangulada, con signos de tortura y violación en una mugrienta cabaña. —Mis manos comienzan a temblar y mis ojos a ver todo rojo—. Ella sería una hermosa modelo, tú, una exitosa cirujana. Pero no la cuidaste, ahora ella está muerta y tú eres una agentucha del FBI a punto de jubilarse a sus veintisiete años. Debe ser frustrante que Jerry desapareciera de la faz de la Tierra justo después de tomar su vi…

Salto por encima de la mesa y aterrizo sobre él como una fiera, poseída por la ira. Me olvido de todo. Lo golpeo con todas mis fuerzas en la cara hasta que me sujetan los brazos.

—¡Suéltenme! ¡Tengo que acabarlo!

Forcejeo y grito sin parar. No puedo contenerme, no tengo control sobre mi cuerpo. Deseo matarlo y vengar a todas esas mujeres.

❧

5:00 p. m.
Departamento de Policía, calabozos

—Qué lío en el que te metiste, Ainara —comenta Tim desde afuera de mi celda.

—Ni que lo digas. No sé qué me pasó. Simplemente perdí el control. Estoy acabada.

—¿Estás segura de que no quieres que llame a alguien por ti? La fianza son veinte mil dólares y tengo entendido que tu madre tiene mucho dinero.

—Prefiero podrirme en este agujero.

—El alcalde está molesto. Comía con su familia cuando decidiste hacer ese espectáculo. Seguro ya se lo comunicaron a tu jefe, quien tampoco debe estar muy contento.

—Tim…, ya eso lo sé. Por favor, déjame sola.

—Nunca tendremos esa cita —dice entre dientes antes de irse.

No pasaba tanto tiempo en este lado de una celda desde mi época oscura. Después de lo de Rachel me perdí en vicios y hasta llegué a cometer robos menores. Phillip y mi madre son amigos, él me ofreció la oportunidad de canalizar mis emociones, dolor y malas actitudes. Entonces el FBI se convirtió en mi hogar y atrapar criminales en mi razón de vivir. Ahora estoy a punto de perderlo.

Donovan dijo que también acabaría con mi mundo, no

mintió. No tengo la más mínima idea de cómo justificaré todo esto a Phillip. Lo intentaré mostrándole las pruebas, le mencionaré que Carl sigue en Nueva York y que me amenazó. Haré lo que sea necesario para no perder mi trabajo.

Un par de horas después, el guardia golpea los barrotes y me alumbra con la linterna.

—Pons.

—¿Qué ocurre, Alex? Apaga esa luz.

—Levántate. Puedes irte.

—¿Cómo?

—Pagaron tu fianza. Vamos, muévete.

Cuando veo quién pagó los veinte mil dólares, mi sorpresa es tanta que tardo algunos segundos en procesar.

—¿Estás bien? —pregunta Josh Cook.

—Eso creo… ¿Por qué pagaste mi fianza?

—Pena ajena, supongo. No por ti, sino por Donovan. Por lo que te hizo.

—No es tu responsabilidad y es mucho dinero.

—El dinero lo tomé de la empresa de la que soy socio con Donovan, no te preocupes.

—Aún no me respondes. ¿Por qué lo hiciste?

Él toma asiento en un banco de madera del pasillo y me pide que lo acompañe.

—Me caes bien. Eres una mujer valiente e inteligente y no temes en decir lo que piensas sin importar las consecuencias, y por ello estás aquí. Donovan prepara una demanda millonaria en tu contra por daños y perjuicios.

—Eso ya lo esperaba.

—Debería preocuparte. Si puede, llevará el caso a la Corte Suprema del estado y buscará la mejor recompensa para él, o el peor castigo para ti. Tiene muchos amigos poderosos.

Noto que da demasiadas vueltas al asunto.

—Josh, ¿por qué viniste hasta aquí? ¿Qué sucede?

Se queda pensativo, mordiéndose los labios.

—Donovan ha estado muy extraño, no sé cómo explicarlo. No solo por lo que te hizo en el restaurante, que fue planificado hasta el último detalle. Estoy seguro de que la presencia del alcalde estuvo en sus cálculos.

—Dime algo que no sepa, Josh. La tarde de ayer me llamó, amenazándome. Juró que acabaría con mi mundo, y heme aquí.

—Fuiste demasiado lejos con ese artículo del periódico, Ainara. Donovan no va a parar hasta destruirte.

—¿Lo acompañaste anoche? ¿Sabes qué hizo, a qué hora se acostó? Mató a otra mujer, esta vez fue distinto. La molió a golpes y luego la degolló.

—Es terrible lo que le ocurrió a esa mujer. Lo siento, Ainara. Anoche tuve visita en mi habitación y no supe de más nadie.

No defendió a Donovan.

—¿Tu cita de la otra vez?

—Así es.

Hablamos un poco más y antes de irse me pide que lo llame si necesito alguien con quién hablar, psicólogo o amigo. Yo le prometo que le devolveré el dinero tan pronto como organice mis problemas.

Intento retirar mis pertenencias, sin embargo, me dicen que debo esperar en una sala de interrogatorios un rato más porque no me puedo marchar hasta que hable con una persona que viene en camino hacia la estación. Lo que hago sin poner resistencia, en este momento lo último que quiero es otro altercado.

No he comido nada en el día, tampoco he dormido bien, por lo que el frío de la sala me hace temblar un poco mientras cavilo mis posibles opciones, las cuales parecen menos viables a medida que las pienso mejor. Cuando vuelvo a repasar por tercera vez lo que le diré a Phillip, él entra a la sala. Se me queda mirando con unos ojos que no le conocía. Es claro su enojo y evidente su decepción.

—Phillip…

—Señor Laurie, agente Pons.

—Yo de verdad…

—Has desobedecido tantas veces mis órdenes y lo último que hiciste es tan grave que no necesitaba venir personalmente. Lo hago por el respeto que le guardo a tu madre y el cariño que aún te tengo. Eras una de mis mejores agentes, la que tenía el futuro más prometedor. No había límites para ti, Ainara. Mi cargo te iba a quedar pequeño si continuabas como ibas. Pero...

—Señor, puedo reparar el daño. Donovan White es un asesino en serie, uno de los peores de todos los tiempos. Puedo probarlo, solo necesito que crea en mí y me dé apoyo.

Aunque por un momento se queda pensativo, vuelve su mirada fría y distante.

—Ya pasamos ese punto. Vine para entregarte tu carta de despido. Desde este momento dejas de ser parte del FBI. Se acabó, exagente Pons. No más Donovan, Hawk, los Walker. Todo terminó.

Sus palabras me golpean fuerte y siento que nace la desesperación en mí.

—Tuve razón con ellos. ¿Por qué no confía en mí esta vez? Por favor.

—No puedo. Tengo a demasiadas personas de poder llamándome. Pidiéndome explicaciones de por qué una de mis agentes agredió a un exsenador en público y frente al alcalde de la ciudad. Ya no importa si es culpable, se me prohibió abrir cualquier investigación contra Donovan White y a ti que te acercaras a menos de cincuenta metros.

Ahora es intocable; no para mí, no mientras pueda hacer algo.

—Carl Davis dejó una amenaza en mi casa. Sigue en la ciudad y quiere desquitarse.

—¿Por qué querría vengarse de ti? Tú no tuviste nada que ver con aquella investigación, ¿cierto? —finaliza riendo.

También sonrío y bajo la mirada.

—Mandaré vigilancia de veinticuatro horas a tu casa. Sin embargo, todo sigue igual. Tus cosas te serán enviadas por mensajería, no vuelvas a la oficina. Para evitarnos escenas innecesarias. —Antes de salir se detiene y agrega—: Ainara, de verdad quería lo mejor para ti. Tienes el potencial para hacer lo que sea, no lo desperdicies.

En el momento que lo veo salir, siento un nudo en la garganta. Mis manos sudan y mi mente se turba con ideas negativas.

11

¿SEGUIRÁS HASTA EL FINAL?

EL INVIERNO y el blanco de la nieve hacen lucir a la ciudad opaca, o quizá es lo único que puedo apreciar en el estado en que me encuentro. A diferencia de la última vez que conduje, en esta ocasión lo hago con extrema lentitud, en automático. Carezco de motivación, no tengo nada que me impulse a continuar. Voy a casa porque es donde puedo refugiarme y porque Bob está allí; es todo lo que me queda.

Al llegar, entro rápido para abrazar a mi bestia y lo hago con desespero. Me aferro a él y dejo salir todo lo que acumulo por dentro. Lloro, maldigo, golpeo el piso; Bob lame mi rostro. Lo estrecho por un buen rato y hasta que, ahí tirada, me quedo dormida.

El sonido repetitivo del timbre y los ladridos de Bob me despiertan. Lucho para ignorarlos, sin embargo, la bulla es tan perturbadora que vencen mi desgano y me levanto a abrir. Me duele todo el cuerpo.

—Bob, por favor. Cállate —suplico.

Mientras giro la manilla de la puerta, me doy cuenta de que ya no me importa si mi vida corre peligro, si es Carl Davis o el mismo Donovan que vienen a terminar conmigo.

—Ainara, ¿estás bien? —pregunta Amy tomándome por los hombros.

—¿Lo ve, señorita? Le dije que estaría durmiendo —comenta el hombre a su lado y vuelve a su vehículo negro.

Es joven y está bien vestido, es un novato del FBI. Lo mandó Phillip para mi protección.

—¿Qué hora es?

—Ese hombre dice que tiene orden de cuidar tu casa. Son casi las diez.

—Lo mandó mi jefe. Pasa.

—¿Por lo que ocurrió en el restaurante? Cuando me enteré, fui a la estación, pero ya habías salido.

Caminamos hasta la cocina. Bob la olisquea.

—Seguro lo exageraron todo —comento con ironía.

Saco una botella de *whisky* y dos vasos.

—Sí, seguro no te le lanzaste encima a Donovan White y le caíste a golpes frente al alcalde y sus dos hijas pequeñas.

—¿¡Qué!? Incapaz.

Ambas reímos sin ganas y tomamos un sorbo de la fuerte bebida. Ella arruga la frente al tragar, a mí me pasa como agua.

—Te ves fatal. ¿Has dormido o comido algo?

—Tú no te ves mejor, Amy.

—Me despidieron. Mi carrera se puede ir al demonio, me van a demandar y puedo perderlo todo.

—A mí me echaron del FBI. No sé qué hacer, no sé qué sigue, no sé nada. Si no estuvieras aquí, seguiría dormida en el piso junto con Bob.

—¡Ainara! No podemos quedarnos de brazos cruzados,

dejar que nuestras vidas acaben y ese Donovan siga libre. Investigué lo que me dijiste. Lo que le hicieron a esa mujer, Wynona, no tiene nada que ver con las demás muertes. Este fue un claro homicidio. ¿Por qué estás segura de que fue él? Si la asesinó, lo hizo en la madrugada y las cámaras del hotel donde se alojaba deben haber grabado cuando él salió y volvió. Comencemos por allí. Mañana conseguiré esas cintas.

—Si comprobamos que sí salió y regresó en la madrugada, ¿y luego qué? Mi jefe me notificó que le prohibieron hacer cualquier investigación contra Donovan White. —Me tomo lo que resta de mi trago—. Sé que lo hizo él porque me llamó en la tarde de ayer, me amenazó y me juró que acabaría con mi mundo. Matar a esa mujer de esa manera descarada fue su forma de enviarme un mensaje.

—¿Qué mensaje?

—Que es intocable, que puede hacer lo que quiera y que probablemente yo termine como aquella mujer.

—¿Entonces es todo? ¿Te rendirás? ¿Me dejarás sola en esto?

Sirvo otra ronda, entretanto, medito mi respuesta.

—No, no me rendiré, porque no sé hacerlo. Pero ahora, por lo que queda de la noche, no tengo ánimos de discutirlo. No me importa si él va ganando o si me llevará toda una vida derrotarlo. Quiero beberme esta botella y muy probablemente la otra que me queda guardada. Ahora, mi pregunta es, ¿me acompañarás o tienes algo mejor que hacer?

—No tengo tanta suerte, así que me quedaré contigo.

—Esa es mi chica.

—Pediré una *pizza*. Muero de hambre.

—Pide lo que quieras, estás en tu casa.

Amy se pone al teléfono.

Por momentos siento ganas de tomar mi Glock y acabar

con todo. No quiero pensar más, no quiero recordar nada, no quiero seguir dando explicaciones; quiero desaparecer.

—Pedí con extra de *peperoni*, espero que te gusten —dice y me hace volver de esa zona peligrosa en mi cabeza.

—No recuerdo la última vez que comí. Cualquier cosa estará bien.

La *pizza* llegó a los veinte minutos. La devoramos entre los tres, aunque Bob y Amy fueron quienes más comieron.

Tomamos *whisky* sin discreción y conversamos sin parar, olvidándonos un poco de los problemas gracias al poder inhibidor de la bebida. A pesar de que Amy solo me lleva tres años de edad, es una mujer mucho más madura y preparada para enfrentar la vida, es muy profesional, centrada e inteligente y con gran sentido del humor. Me inspira admiración. Supongo que algo así era yo para Rachel, y así se debe sentir tener una figura de hermana mayor.

—¿Entonces no has tenido novio desde hace nueve años? ¿Y tampoco nada de…?

—Una sola vez intenté tener una relación, pero no funcionó. Algunas veces he tenido sexo casual de una noche. Creo que perdí las ganas.

—Has tenido un motivo fuerte por el cual tu vida se ha visto muy afectada, sin embargo, debes recuperar las ganas de vivir, Ainara. Porque desde hace nueve años dejaste de hacerlo.

Bebía un trago y al escapárseme una carcajada, me ahogo.

—Estás hablando como mi psicólogo —digo con dificultad mientras intento recuperar el aliento.

—Y tú estás evadiendo lo que sabes que es cierto.

—No podré avanzar hasta cerrar el ciclo, hasta atrapar a Donovan, a Hawk.

—Después que lo atrapes y recuperemos nuestros trabajos, ¡porque lo haremos! Siempre habrá otro Donovan por el que tendrás que ir, tu vida no puede girar únicamente en torno a criminales.

—Intentaré atraparlo.

—No, ¡lo atraparás! —afirma y acerca su vaso.

Dudo un instante en responder, debido a que en este momento he perdido toda confianza en mí y me siento derrotada.

—Lo atraparé —repito y brindamos.

Falta poco por acabar la segunda botella y ella se levanta para ir al baño, sus piernas vacilan. Bob la escolta y yo me quedo pensando en todo mientras contemplo el líquido amarillento dentro de mi vaso, conseguir las grabaciones del hotel podría ser útil más adelante; espero que Kim, al igual que las demás chicas, ya esté recuperándose en rehabilitación; recordar la sonrisa de Reed trae una a mis labios y ganas de llamarlo; debo llamar a mi madre en estos días; necesito conseguir una manera de tener aún acceso a la base de datos del FBI para no perderme de nada que me pueda llevar a Hawk.

—Ya estoy muy ebria y es muy tarde. Creo que debería irme —dice Amy al regresar.

Aunque también me siento muy ebria, me mantengo consciente.

—Motivos por los que no puedes manejar. Quédate, puedes dormir en mi cuarto y yo tomo el sofá. Te vas mañana temprano.

—No quiero incomodar.

—Tranquila. Duermo mejor y más en escritorios, tinas, sofás, pisos. Soy extraña…

—¡Eh! ¡Alto ahí! —grita el agente que vigila mi casa.

Nos alertamos. A Bob se le erizan los pelos y sus orejas se paran de punta, comienza a gruñir.

Los estruendos y los impactos en las ventanas nos paralizan por un segundo, hasta que reacciono velozmente.

—¡Al suelo! —grito mientras me tumbo sobre Amy y como puedo cojo a Bob por el collar.

—¿¡Qué pasa!? —pregunta mi invitada tartamudeando y entrando en pánico.

—Debe ser Carl Davis.

—¿Quién?

—¡No importa! Necesito llegar a la cocina, dejé mi arma allí.

—¡No salgan de la casa! ¡Pidan refuerzos! —grita el agente.

Comienzan a sonar los disparos de una pistola, y los del rifle automático, a variar en intensidad. Es mi oportunidad. Agarro la mano de Amy y hago que sujete a Bob.

—¡Quédate aquí y no se muevan! Llámalos —finalizo entregándole mi teléfono.

Corro por mi arma y disparo desde la ventana de la cocina hacia su auto negro. A pesar de que la adrenalina ha disminuido mucho los efectos del alcohol en mi sangre, mi puntería es pésima. Sin embargo, logro que se tenga que cubrir.

—¡La policía viene en camino! —avisa Amy.

La puerta de la sala se abre y, de golpe, Amy suelta un grito, pero es el agente y la calma. Los disparos del rifle automático reinician. Me cubro.

—No me quedan balas —susurra el agente al acercarse.

Le doy un cartucho y ordeno a Amy que busque más en mi cuarto.

Aguantamos un minuto más, hasta que Carl se monta y arranca a toda velocidad.

Los tres nos recostamos y recuperamos el aliento. Mi colega nos dice que el sujeto llegó sigilosamente y pretendía asaltar por sorpresa. Entonces entiendo que si Phillip no hubiese mandado a este hombre, Amy, Bob y yo tal vez estaríamos muertos.

Me despierto en la tina nuevamente. Me duele desde la cabeza hasta los pies, y mis ánimos siguen por el suelo.

Siento escalofríos al salir a la sala y ver todo el desastre que dejó el ataque de Carl, imagino mi cuerpo y el de Amy tendidos en el suelo; estuvo muy cerca. Las ventanas quedaron destrozadas, las paredes están llenas de agujeros y en el piso siguen los restos regados. Amy se fue poco después de que llegara la policía, todo el susto también la hizo volver al estado de sobriedad. Ella quedó muy conmocionada, nunca había estado en medio de un tiroteo. Yo tampoco, pero la preparación del FBI, el alcohol y la poca importancia que le daba a mantenerme con vida jugaron a mi favor.

Tengo varios mensajes de Jones, avisándome que tiene pinchado los teléfonos de White y manteniéndome actualizada. En otras circunstancias, me hubiera emocionado. Cuando voy a dejar el teléfono para meterme a la ducha que mi cuerpo clama, comienza a repicar. Es Bennett. ¿Qué hace el mejor agente de campo del FBI llamándome? Nunca hemos sido amigos. Aunque dudo al principio, atiendo.

—Pons.

—Perdiste tu empleo, tu reputación y tu carrera. ¿Estás segura de que él las asesinó? ¿Seguirás hasta el final?

—Sí.

—De acuerdo.

Cuelga.

Esa simple y corta llamada revive mis ánimos y esperanzas. Me motiva a continuar. Si hay otra persona en el mundo capaz de ayudarme a atrapar a Donovan, es él, Peter Bennett.

12

¡QUÉ BONITA LA CASA DE TU INFANCIA!

9:00 p. m.
Afueras del club Gentleman

Me encuentro a la espera de la mujer que Donovan se llevó anoche, necesito ponerla en alerta. Lo único destacable que ha pasado en casi una semana fue la salida nocturna de ayer, que Cook no lo acompañó como solía hacer. He notado un distanciamiento entre ellos, y que muchos de sus patrocinadores y contactos políticos también se han alejado. Hemos escuchado muchas de las llamadas en las que le cuelgan o se niegan a hablar con él. Las grabaciones de las cámaras del hotel la noche que mató a Kitty no mostraron nada sospechoso, se ve a White regresando a su habitación a las diez de la noche y que no salió hasta el otro día. No sé cómo lo hizo.

Está nevando mucho. Afortunadamente me abrigué bien antes de salir. Cuando llega, la reconozco sin problemas por su cabellera larga y roja. Ella enciende un cigarrillo antes de entrar al local. Aprovecho mi oportunidad.

—Hola, soy la agente Pons del FBI.

—¿¡FBI!? ¡Mi Dios! —exclama en voz alta.

Los dos porteros que custodian la entrada voltean hacia nosotras.

—No te asustes, por favor. Solo necesito hablar contigo un momento, a solas. No tomará más de cinco minutos.

—Te daré el tiempo que dure mi cigarro —advierte.

Nos movemos al estacionamiento. Instintivamente busco con la mirada a Samuel, el agente que Phillip me asignó como protección las veinticuatro horas del día; no lo veo por ningún lado, ni siquiera fumando cerca del auto, como acostumbra a cada rato. La mañana después que Davis atentó contra mi vida en la casa, me ofrecieron un refugio seguro mientras se logra su captura; sin embargo, no accedí porque nadie me sacará a la fuerza de mi propia casa, y menos por miedo.

—Ayer saliste de aquí con un hombre. ¿Sabes quién es?

—Sé lo necesario: se llama Johnny, es un hombre muy guapo con mucho dinero y un gran amante.

—Te mintió, se llama Donovan White y es un hombre muy peligroso. Es sospechoso de numerosos asesinatos de mujeres con tu… tipo de profesión.

Ella da una calada profunda mientras me mira con disgusto y piensa qué responderme.

—De mi profesión… ¿Entonces me encuentro en peligro?

—Sí.

—Ya veo. ¿Y qué me recomienda hacer, agente? —pregunta sin interés.

—No vuelvas a verlo, y si vives sola, ten mucho cuidado. Cierra las puertas y ventanas con seguro. Advierte a tus vecinos sobre el peligro que corres.

—¿Dice que ese hombre me buscará en mi propia casa para matarme? —finaliza dejando salir una carcajada.

—No es una broma. Muchas ya han muerto así.

—Si saben que es un asesino y hasta cuáles han sido sus víctimas, ¿por qué sigue libre? Nunca entenderé a los policías.

—Es complicado, pero trabajamos en ello.

—Bueno, agente, gracias por advertirme. Mi cigarrillo se acabó, me estoy congelando y debo ir a trabajar. En mi «profesión» solo pagan por trabajo hecho. —Se da la vuelta y se aleja.

—¿Dijo algo o notaste algo extraño? —pregunto en voz alta.

Se detiene y voltea con mirada pensativa.

—Los clientes siempre hacen o dicen cosas extrañas. Lo único que recuerdo que llamara mi atención fue que le recordaba a una tal Sophie. Espero que no sea su hija porque sería muy raro. —Se encoge de hombros y se va.

Sophie Miller era pelirroja. Ya no puedo estar más segura de la culpabilidad del exsenador, solo necesito probarlo.

Mi teléfono suena, es Reed. No he atendido sus llamadas desde hace una semana. Me recuesto en una camioneta y contesto. Me mantengo buscando a Samuel con la mirada mientras nos ponemos al día sobre nuestras vidas. A pesar de su gran éxito, su gran aumento salarial, los reconocimientos y haberle dado la mano al presidente, sigue siendo el mismo chico; me reclama que no le atendí antes y me dice muy enérgicamente que apenas termine todo el trabajo que tiene pendiente vendrá a Nueva York para protegerme. Siempre me hace reír. Le prometo que me cuidaré hasta entonces y que le marcaré después porque otra llamada entra en ese momento, es Amy.

Con el celular al oído comienzo a caminar entre los autos estacionados. Me siento incómoda estando inmóvil tanto tiempo en un lugar público.

—Ainara, no te había dicho nada antes porque no pensé que llegaría a esta cantidad y no le di mucha importancia a las primeras. Mi artículo del periódico está dando más frutos, hasta ahora he recibido más de veinte llamadas, de algún familiar, amigo o persona cercana a una mujer que al parecer tuvo una muerte extraña y algún contacto con Donovan White. Toda esa información también se la pasé a un compañero tuyo, Bennett. Me pidió que no te dijera nada.

Me ha salvado dos veces, ¿de verdad lo hará una tercera? Mi situación parece mejorar.

—Dale toda la información que tengas, está de nuestro lado. Amy, una cosa más…

Lo veo en el reflejo del vidrio del auto que tengo de frente, pero es muy tarde. Con un solo brazo me rodea y aprieta tan fuerte que mi mano se abre por la presión, mi teléfono cae.

—Si no hubieses metido tus narices. —Lucho con todas mis fuerzas por liberarme—. Llegó la hora de que pagues por arruinarme la vida.

—¡Suelta…!

Coloca un paño sobre mi rostro. Mi visión comienza a nublarse muy rápidamente.

—No te resistas, relájate —susurra Carl.

Despierto mareada, aunque los constantes golpes y el vapuleo de mi cuerpo me terminan de espabilar. Estoy amarrada de manos en lo que parece ser el maletero de un vehículo. Tardo unos segundos en entender que debe ser el de Carl. Vamos a gran velocidad, puedo escuchar el motor rugir al ser forzado. Otro golpe me hace saltar y pegar la cabeza contra algo metálico. Escucho sirenas a lo lejos y el claro sonido de un helicóptero, estoy en una persecución. Es bueno porque saben que me tiene y malo porque casi nunca terminan bien. Comienzan a sonar disparos.

Nunca me había sentido tan impotente e indefensa, mi vida no depende de mí.

—¡Maldición! ¡Debo soltarme! —me digo.

Un fuerte golpe hace que el automóvil se vaya bruscamente hacia un lado. Levito por un instante y todo empieza a dar vueltas sin control.

Quedamos en una pendiente, todo está inclinado unos cuarenta y cinco grados. El maletero está entreabierto, pero no puedo moverme porque la gravedad me atrae hacia el fondo. Mi cuerpo quedó atrapado y mis manos siguen atadas. Estoy mojada, huele a gasolina y también hay humo; esto no es bueno. No puedo ver mucho, todo está muy oscuro.

—¡Ayuda! ¡Alguien que me ayude! —grito por instinto al imaginarme quemarme hasta morir.

Como puedo utilizo mis piernas para intentar apoyar mi espalda contra la estructura y levantarme, lo que me resulta imposible. La frustración me hace liberar patadas que provocan un leve movimiento que hace que el auto se deslice. ¿Estoy al borde de un abismo? ¿¡Por qué tardan tanto en llegar!?

—¡Mierda!

—¡Ainara! ¿¡Estás bien!? —grita Samuel.

Nunca había estado tan feliz de escuchar la voz de alguien.

—¡Sí! ¡Estoy amarrada y no puedo salir! ¡Apúrate que esto va a explotar!

Hay cada vez más humo.

—¡Ya casi estoy allí! No te muevas mucho o el auto se irá por el barranco. Estira la pierna —dice al ponerse al frente del maletero.

Se inclina estirando el brazo e intentando no tocar el vehículo. Me agarra con fuerza llevándome hacia él.

—¡Desátame ya!

Cuando logra jalar el primer nudo es sorprendido y golpeado por Carl en la cara. Samuel cae casi noqueado. Lucha por levantarse y yo por desamarrarme. Las luces de las patrullas se ven a lo lejos y el helicóptero nos sobrevuela.

—¡Carl Davis, arriba las manos inmediatamente! —ordenan desde arriba.

Está herido y rodeado, sin embargo, no se rinde. Libera su ira contra el helicóptero, disparándoles todo un cartucho de su rifle automático. Los hace alejarse. Posa su mirada en mí. Suelta el rifle y saca su pistola.

—¡Tú, maldita!

Samuel lo derriba, saltándole encima antes de que me disparara. Me bajo del auto con dificultad y un ataque repentino de náuseas me gana, no puedo evitar vomitar mientras los dos hombres forcejean y pelean a muerte. Descargan el arma con tiros al aire mientras la disputan. Luego mi colega es violentamente noqueado con un cabezazo, Davis es muy superior en combate cuerpo a cuerpo.

Aunque las patrullas están a menos de doscientos metros, estamos en el medio de un cementerio y los varios centímetros de nieve harán que tarden un poco más. Mis piernas funcionan bien y puedo alejarme corriendo, pero podría matar a Samuel. Davis está herido, lleno de ira y cansado, puedo vencerlo, y estoy harta de él.

—¿No piensas huir? Eres más estúpida de lo que pensé —asegura sonriendo.

Su pierna izquierda sangra y no la apoya del todo. Adquiero posición de combate y él ríe más.

—Veamos si sabes algo más que atacar por la espalda —digo—. Ven por mí, ¿no querías vengarte? Acabé con tu vida y lo he disfrutado mucho. No vales un centavo ahora e irás preso por el resto de tu vida —finalizo regalándole una sonrisa.

Se enfurece y de su espalda saca un enorme cuchillo. No contaba con eso, sin embargo, no quiero retroceder. Saco mi cinturón y lo enredo alrededor de mi antebrazo.

—¡Vamos, cobarde! —digo retándolo.

Se abalanza sobre mí. Su rabia vuelve sus ataques predecibles, los esquivo y contraataco sobre la articulación de su pierna varias veces con la planta de mi bota hasta hacerlo caer de rodillas al no poder soportar su peso. Lo pateo en el pecho. Cuando voy por su rostro, me agarra la pierna y me tira al suelo.

Los policías gritan al acercarse más.

—¡Arriba las manos!

—¡No se muevan!

Davis levanta el brazo con el que tiene el cuchillo. Samuel reaparece, lo sujeta y desarma. Yo me levanto, agarro el rifle descargado y le doy mi mejor golpe en la cabeza. Cae inconsciente. Samuel se deja caer de rodillas abatido por el cansancio, yo lo imito y nos quedamos mirando fijamente; sin necesidad de hablar, nos agradecemos.

Los oficiales lo esposan mientras mi colega y yo agarramos aire tirados en la nieve.

—¿Cómo llegamos al cementerio y dónde estabas cuando me raptó?

Él carcajea.

—Compraba cigarrillos. Vi de lejos cuando te metió en su auto y decidí seguirlo sin que se diera cuenta mientras llamaba por refuerzos. —Saca algo de su bolsillo y me lo extiende—. No creo que siga funcionando. Lo recuperé del estacionamiento.

Es mi celular.

—¿Con que mi vida casi acaba por una caja de cigarros? Y no conforme con eso, volcaste el auto en el que iba prisionera.

—Vamos, Ainara, no pasó nada. Solo son un par de raspones. A mí me tocó la peor parte, nunca me habían dado una paliza así.

Nos reímos y hablamos un rato más antes de marcharnos del lugar, drenamos el exceso de adrenalina.

~

5:00 p. m.
Al día siguiente

Me dirijo a casa. Espero que Liu haya pasado, alimentando y revisando a Bob. Por órdenes de Phillip me llevaron a un hospital y me mantuvieron recluida hasta que todos los exámenes médicos demostraron que estaba físicamente bien. Solo tengo un par de contusiones menores. Mi madre ha estado llamándome desde temprano, aunque pedí que no le informaran nada, supongo que lo hicieron.

La captura de Davis ha salido en todas las noticias. Los Walker no podrán estar más hundidos luego de que este hable y cuente todo lo que sabe.

Mi teléfono, que sobrevivió a toda aquella aventura, suena. Es un mensaje de un número desconocido. Mi mano tiembla cuando leo: «Qué bonita la casa de tu infancia». La piel se me eriza al pensar en que mi madre corre peligro por mi culpa.

—Donovan…

13

AL DEMONIO CON EL MAL TIEMPO

Me pregunto por qué carajos Jones no tenía ese número vigilado. Lo llamo.

—¡Vaya, Ainara! No pensé que volverías tan pronto a lo nuestro, casi te matan. ¿Cómo sigues?

—¿¡Dónde demonios está White, Jones!? —Me pide un momento—. ¡Rápido!

—280 Washington Ave, Brooklyn. ¿Qué sucede?

—¡Está en casa de mi madre!

—¡Mierda! ¿Pido refuerzos?

—No.

Nadie del FBI irá si se trata de Donovan y no quiero más espectáculos con la policía. Cuelgo y acelero.

La casa de mi madre parece un edificio de cuatro pisos lleno de lujos, de la que aún conservo la llave. Me bajo del auto con pistola en mano y corro hacia la puerta. Está entreabierta, trago saliva y mi corazón comienza a latir fuerte. Hay varios objetos tirados en el suelo.

—Maldición, mamá…

Mis nervios me hacen dudar demasiado, pero opto por

revisar primero el piso en el que estoy. Avanzo con cautela, no llamo a mi madre para evitar ponerlo en sobre aviso. No están en la sala ni en la cocina. Lo que veo cuando llego al patio trasero me deja perpleja. White y Merlina, compartiendo un té, se sorprenden de mi llegada. Volver a ver a ese sujeto sonriendo, ahora sentado en los muebles donde Rachel y yo jugábamos de niñas, y junto con mi madre, me hace descontrolar.

—¡Ainara, baja esa arma! —grita ella cuando ve mi mirada desquiciada.

—¿Qué demonios significa esto? —pregunto mientras lucho por desviar la mira de mi arma del rostro de White.

—No te esperábamos, Ainara —miente descarada y tranquilamente. ¿No tiene miedo a morir o no me cree capaz?

—Llegó una notificación a esta casa. Llamé al señor White para llegar a un arreglo. ¿Sabías que te demanda por dos millones de dólares? Por supuesto que sí. Tú le dejaste el rostro así. Después de tantos años, todavía tengo que reparar tus errores.

—Ese maldito psicópata es un asesino. ¿Qué pasa contigo? ¿No lees ni siquiera los periódicos de alta sociedad? —Lo miro a él—. Tú, malnacido, dejaste la puerta abierta y soltaste los adornos en el piso a propósito.

—No sé de qué me está hablando, Ainara. Yo solo he venido en son de paz y a tratar de llegar a un arreglo con tu adorable madre para retirar los cargos en tu contra. No tenía idea de que aparecerías.

—Asesino o no, si no le pagas y él no retira los cargos, irás a la cárcel.

Donovan disfruta el espectáculo.

—¡Madre! Anda a la entrada y podrás ver las cosas regadas. Me mandó un mensaje, todo lo hizo a propósito…

—Un hombre como el señor White no tiene tiempo para

andar con juegos con una muchacha. Seguro las tumbaste cuando llegaste con esa actitud. Me preocupas, Ainara. Tu psicólogo me dijo que has faltado a las consultas.

—Vine a toda velocidad desde el hospital pensando que estabas en peligro y me encuentro esto.

—Tengo semanas llamándote, te hubieras ahorrado el viaje si me atendías. Me alegra que hayas salido bien en los exámenes, Phillip me contó todo. Pero haz algo con tu apariencia, luces desastrosa, no pareces hija mía.

—A ti lo único que siempre te ha importado es el maldito dinero, la imagen y lo que puedan decir los demás. No te dolió lo de Rachel, no te importo yo.

—¡Tú pediste que no se me informara que estabas en el hospital! ¿Qué querías que hiciera? —Se levanta del mueble —. ¡Y no metas a tu hermana en esto, te lo prohíbo! ¿Por qué siempre lo haces? Porque mi vida no es un desastre como la tuya, ¿¡crees que no me duele!? ¿Crees que no la pienso y recuerdo todos los malditos días de mi vida? ¡Fue tu hermana, pero también fue mi hija!

Camino rápidamente hacia la salida. Necesito irme, no aguanto un segundo más en presencia de ellos. Siento que la cabeza me va a explotar. Salgo y bajo por los escalones hacia la acera. Ella me sigue con White detrás y «ordena» que me detenga.

—¡Ni sueñes que voy a pagarte la demanda! —grita.

Me paro y volteo. Donovan sonríe a su lado.

—¡Solo muérete para poder cobrar mi herencia y así pagaré todas las demandas que quiera! —grito muy fuerte y con mucha rabia. Muchas personas voltean a vernos.

No me interesa el dinero, solo quiero hacerla enojar. Me monto en mi Fusion y me largo a casa.

~

No pude ir a mi casa. Aquel encuentro con mi madre inevitablemente me trajo aquí, al único lugar que logra darme algo de tranquilidad. Soy extraña, y nunca dejo de repetírmelo.

—Ya debo irme. Te prometo que vendré más seguido. Te juro que lo voy a atrapar así me lleve toda la vida. —Cierro los ojos y evoco su rostro—. Cómo quisiera que todo esto solo fuera una larga pesadilla y poder despertarme para llevarte a comer los increíbles panqueques que tanto nos gustaban, las que hace el señor Dilma. Nos vemos, Rachel.

Despego mi frente de la lápida y me marcho.

De camino a casa compro una botella de *whisky* y dos hamburguesas, una para mi bestia negra. Mi teléfono no ha parado de sonar desde hace rato por mensajes y llamadas, de Reed, Jones, Amy, Merlina, Phillip y otro número desconocido. Sin embargo, ya no quiero hablar con más nadie por hoy. Al llegar, me siento en el piso recostada en la pared y como junto con Bob. Él ama las hamburguesas.

Después de darle cariño, me levanto a tomar una ducha, la necesito desde hace más de un día. Me baño con calma y sin ningún tipo de apuro, de manera contraria a como sería usualmente. Donovan me ganó otra batalla, esta vez en mi propia casa y con mi madre. Por lo que resta de la noche, únicamente quiero curar mis heridas con alcohol.

Paso la siguiente hora y media bebiendo en mi cocina mientras escucho canciones de los éxitos de los noventa en una lista de reproducción de YouTube. Cuando voy por mi quinto vaso de *whisky*, el repiqueteo del teléfono colma mi paciencia y debido a que soy incapaz de apagarlo para desconectarme por completo del mundo, le atiendo al número desconocido.

—¿¡Qué carajos!? —suelto.

—Lo siento, Ainara. No quería incomodarte. Llámame cuando puedas.

—¿Josh?

—Sí.

—¿Por qué no tengo este número? ¿Qué ocurre? No suenas bien.

—Tuve que comprarme un teléfono nuevo después de que Donovan destrozara el mío.

—¿Cómo? ¿Dónde estás?

—Estoy bien, en el hotel. Donovan me contó lo que ocurrió en casa de tu madre y le demostré mi desacuerdo. Ya te hizo perder el empleo, te está demandando por dos millones de dólares. Es demasiada maldad…

—¿Y qué ocurrió?

—Se alteró y discutimos fuerte. Aunque ya yo estaba pensando en distanciarme por todo lo que ha estado ocurriendo, fue él quien decidió terminar nuestra sociedad. No es el sujeto que conocía. Dijo que está harto de Estados Unidos, que dará su última conferencia en Nueva Jersey y se marchará. Ya se debe encontrar allá. He notado algunos comportamientos extraños luego de nuestra primera conversación, y muchos otros cuando salió lo del periódico.

Siento mucha tensión en su tono. No quiere admitirlo, pero sospecha de su amigo.

—Josh, él las mató. Degolló a Wynona la otra noche.

Hay un silencio de varios segundos.

—No iré a Nueva Jersey. Tampoco deberías ir, por tu seguridad. Estamos en contacto —finaliza y cuelga.

Llamo a Jones mientras recargo mi vaso. Este me corrobora la información de Josh: White está en Somerset, Nueva Jersey.

—¿Cuándo irás?

—Ahora mismo.

—Es muy tarde y está nevando mucho, no es buena idea.

—Mantente al pendiente de tu teléfono —finalizo la conversación.

No quiero ir a ese estado ni agarrar carretera con este clima tan malo y peligroso. Pero es mi última oportunidad de atrapar a Donovan, no dejaré que se largue y sus crímenes queden impunes como los de Jerry Hawk. Al demonio con el mal tiempo, será un par de horas de viaje por la nieve.

Salgo de mis cavilaciones cuando escucho un golpe y la alarma de mi auto dispararse. Bob pega un brinco hacia la puerta, yo tomo mi arma y corro a su lado. Salimos. No veo a nadie, pero Bob sale disparado hacia la cerca de una casa a unos treinta metros y puedo ver la silueta de un hombre saltarla. Mi bestia casi lo agarra.

—¡Malditos antisociales! —grito.

Los demás perros de la cuadra comienzan a ladrar y alborotarse. Sin embargo, el frío y mi objetivo de ir a Nueva Jersey me obligan a entrar de inmediato. Busco un pequeño bolso y meto lo necesario. Si bien pienso en llamar a Amy o a Reed para avisarles lo que voy a hacer, creo que con Jones al tanto de todo es suficiente. No hace falta preocupar a más nadie.

Dejo a Bob con Liu y me subo en el auto.

14

¿QUÉ ES UN 3-4?

1:20 a. m.
Somerset, Nueva Jersey

Por culpa del pésimo clima, tardé poco más de dos horas. El tiempo me sirvió para pensar mucho en mi vida y mis posibilidades. Fuera del FBI podría trabajar como detective privado, tengo un buen historial y algo de fama, clientes no me faltarían; pero si no atrapo a Donovan o no le pago la demanda por dos millones de dólares, iré presa y estaré jodida. Así que, o lo capturo o me suicido.

Gracias a la comunicación constante con Jones no me fue difícil dar con White. Está en un lujoso hotel. Llevo una hora aquí. Me mantengo en el estacionamiento, dentro de mi auto y vigilando el de él. Por primera vez voy a un paso por delante. No se imagina lo cerca que estoy.

No para de nevar, y a pesar de que barren las calles, estas se cubren rápidamente. Tengo la calefacción casi al máximo. Al termo que me traje ya no le queda mucho café, y el aburrimiento y el cansancio que acumulo me están generando sueño. Por momentos recuerdo e imagino aquella enorme y cómoda cama en el Hilton. Me pone ansiosa pensar que es probable que Donovan no haga nada esta madrugada y que yo solo esté perdiendo mi tiempo y energías en vano.

Mi teléfono repica y me hace pegar un leve brinco. «Número desconocido», dice en la pantalla. Por mi experiencia, sé que se trata de una extensión privada del Gobierno, lo que no me da un buen presentimiento.

—Pons.

—Agente Pons, es la asistente de la secretaria del Departamento de Seguridad Nacional, Leonore O'Sullivan. En breve se la comunico, por favor, no cuelgue la llamada.

Me pregunto si habrán capturado al Bombardero. Pasa un minuto.

—Agente Pons, te habla Leonore. Entiendo que es un poco tarde por allá en Nueva Jersey.

Son Seguridad Nacional, no debería sorprenderme.

—Sí, señora secretaria. Pero no acostumbro a dormir tan temprano. ¿En qué puedo ayudarla?

—Por ahora, en nada. Hace horas capturamos al Bombardero gracias a tu poca, pero muy precisa información; militar, zurdo y con historial de problemas psicológicos. Iba a volar gran parte de una preparatoria aquí en la ciudad de Washington.

—Es una excelente noticia para el país, señora secretaria. Buen trabajo.

—Me enteré de que fuiste despedida del FBI.

—Así es. Tuve…

—También lo sé, pero no me importa. Dentro de algunas horas se dará una rueda de prensa en la que quiero que participes, si no fuera por ti, muchas más personas estarían en peligro. Quiero que tengas el reconocimiento que mereces, solo tengo dos condiciones.

—¿Cuáles?

—Uno, que dejes la tontería que estés haciendo en Nueva Jersey y vengas de inmediato a Washington. Dos, que trabajes para mí.

—Tengo una demanda de dos millones y cargos.

—Seguridad Nacional se ocupará de todo, no te preocupes más por el exsenador. Eres un valioso activo que requerimos. La protección de los Estados Unidos está por encima de intereses particulares sin importar de quien se trate.

—¿Puedo pensarlo?

La vida tiene formas extrañas de hacerte escoger tu destino. Donovan sale caminando del hotel hacia el estacionamiento con un enorme bolso colgado de lado.

—Por supuesto que no. Tienes máximo doce horas para estar aquí. Si no vienes, lo tomaré como un rechazo.

—De acuerdo.

—Toma la decisión correcta, Ainara —finaliza y cuelga.

Donovan suelta el bolso en el maletero y se sienta detrás del volante.

La decisión correcta para qué o quién. Puedo recuperar mi vida, ahora como una agente de Seguridad Nacional con más alcance y menos restricciones, pero White quedaría libre y todas esas mujeres nunca recibirán paz. Rachel nunca me lo perdonaría, yo no me lo perdonaría. No puedo dejar que se salga con la suya, no puedo.

—No puedo, no puedo —murmuro mientras lo veo arrancar.

Enciendo y apago el motor. Mi vida y futuro dependen de este momento. Pero si lo dejo ir, nunca volveré a tener paz.

~

Manejamos durante casi veinte minutos por carretera. Los vidrios de su auto son oscuros, por lo que no puedo ver sus movimientos en el interior; es inquietante porque a pesar de que mantengo bastante distancia, él podría estar observándome y yo no lo sabría. Mi preocupación aumenta cuando reduce la velocidad y se desvía por un camino de tierra cubierto de nieve. No me gusta para nada. Apago mis luces, me orillo y le doy tiempo de avanzar para continuar detrás de él con suficiente distancia.

Lo sigo por el camino con las luces apagadas. Pocos metros después, la luz artificial de la ciudad se va perdiendo entre los altos árboles y mis nervios van ganando más terreno. La ventisca de nieve y la oscuridad me favorecen. Ya no veo la forma de su auto, solo sus luces; debo ser invisible para él.

Se detiene al lado de otro auto, se baja y comienza a andar a pie con una linterna en mano. También me bajo y camino. Siento una extraña familiaridad con la zona que me inquieta aún más.

—¿Qué haces aquí, Donovan? —musito para mí.

Luego de caminar durante varios minutos y con dificultad por la profundidad de la nieve, lo entiendo todo cuando lo veo entrar en ese maldito lugar, en esa maldita cabaña donde Rachel fue asesinada. La vi tantas veces en fotos que no puedo confundirla a pesar de la nieve, la oscuridad y el notorio deterioro.

~

2:40 a. m.

El sonido de las sirenas policiales me despierta acelerada, con la respiración descontrolada y una sensación de asfixia por el poco oxígeno dentro de mis pulmones. Me duele muy fuerte la cabeza. Al abrir bien los ojos, noto que estoy en el piso de la cabaña y que a mi lado hay un cuchillo lleno de sangre y la Glock. Tomo mi pistola sin dudar, me arrastro y doy media vuelta apuntando en todas direcciones. En menos de dos segundos, paso de modo defensivo a modo pánico cuando comienzo a recordar todo lo que ocurrió en este lugar.

—Maldito. No, no.

Al ponerme de pie, noto que tengo toda la ropa manchada de sangre. Rápidamente palpo mi cuerpo, revisando que no haya heridas graves, tengo un gran hematoma en la cabeza. Detengo la innecesaria búsqueda cuando vuelvo a contemplar el cuerpo sin vida de Donovan sobre un charco de sangre. El bastardo no se merecía ese final tan espantoso, era culpable de muchas cosas, pero inocente de esas muertes.

Aún sigo intentando comprender y aceptar que todo el tiempo se trató de Josh. Donovan y yo solo éramos fichas en su juego. Lo planeó y previó todo a la perfección.

Puedo escuchar a las patrullas llegar y a los agentes bajar de ellas, están fuera. Veo las luces rojas y azules filtrarse por las grietas de la cabaña. Tal y como afirmó Josh, me culparán por el asesinato de un exsenador de los Estados Unidos a quien ataqué, perseguí en público repetidas ocasiones y que me demandaba por dos millones de dólares; tengo su sangre encima y el cuchillo debe tener mis huellas. Lo que omitió fue que me dejaría viva para que pagara por ello.

Ahora suena más atractiva la oferta de la secretaria Leonore. Me siento estúpida, burlada, y estoy jodida porque no existe manera de que me salve de esto.

—¡Policía de Somerset! ¡Todos con las manos arriba, vamos a entrar! —grita un oficial.

—¡Solo estoy yo! —respondo.

Suelto mi arma, me dejo caer de rodillas y subo las manos.

Rompen la puerta. Entran apuntando y registrando todo el sitio. Ven el cadáver de Donovan y lo comunican por radio. Me tiran bocabajo y me esposan.

—Levántenla —ordena el oficial de mayor rango—. ¿Tú lo hiciste? ¿Qué ocurrió aquí?

—Fue Josh Cook —afirmo, más para repetírmelo y terminar de aceptarlo que para el hombre que me interroga.

Este mira en todas direcciones dentro de la cabaña y luego me observa confundido.

—¿Josh Cook? ¡Aquí no hay nadie más! —grita y me toma por los hombros—. ¿Qué pasó aquí?

En otras circunstancias estaría muy molesta, a punto de explotar por el trato abusivo y ofensivo de este hombre, sin embargo, ya no me quedan fuerzas.

—Solo hablaré en presencia de un abogado.

—Eso dicen todos los culpables. Como prefieras…

Un hombre entra corriendo y con mi cartera en la mano e interrumpe:

—¡Jefe Donald! —El hombre que me interroga voltea a verlo—. Es del FBI.

—¿FBI? ¿Qué está sucediendo? —me pregunta Donald.

—No es asunto tuyo.

—Estás en Somerset, bañada en sangre junto a un cuchillo y a unos metros está el cadáver de un hombre. ¿Ves lo que dice aquí en esta placa? —Me la acerca—. ¡Policía de Somerset! Todo lo que pasa aquí es asunto mío.

Ahora es una mujer joven quien entra exaltada.

—¡Jefe!

Donald cierra los ojos y se agarra el cabello.

—¿¡Qué!? ¿Me pueden dejar que interrogue a la sospechosa?

—Hay otro 3-4 en el auto de la sospechosa.

¿Qué hay en mi Fusion?

—¿¡Qué es un 3-4!? —pregunto nerviosa.

—Vamos para que lo veas tú misma —dice Donald con molestia.

Me levanta tirando de mi brazo con rudeza y me saca de la cabaña. El mal clima ha mejorado, nieva mucho menos. Los oficiales presentes, haciendo sus labores, me juzgan con esa mirada fría y despectiva con la que yo también desprecié tantas veces a cualquier sospechoso que salía capturado, esposado y derrotado de su escondite o del lugar donde cometía su crimen.

Me lleva a punta de empujones hasta el maletero de mi Fusion.

—¿Quién es ella? —pregunta, refiriéndose al cadáver de mi madre.

Mi cabeza reproduce el sonido del golpe y el de la alarma del auto disparándose en mi casa. Ya no necesito pensar más y me desconecto.

15

NO COMAS MUCHO ANTES DEL TRASLADO

***Un mes* después**
Corte Suprema del Condado de Nueva York

La sala está repleta de personas que seguramente ya tienen y comentan su veredicto propio. Aunque nunca me había sentido tan expuesta, poco me ha importado. Ya lo perdí todo, familia, trabajo, reputación, solo falta la estocada final, mi libertad. Estoy sentada en silencio al lado del abogado de oficio que me asignaron, quien, para mi sorpresa, realmente se ha esforzado.

—Señor fiscal, por favor, llame a su último testigo —solicita el juez.

Segundos más tarde, lo vuelvo a ver después de nuestro último encuentro en la cabaña. Josh se sienta en el estrado y nos miramos fijamente. Él no muestra ninguna emoción, yo tampoco; él me destruyó, yo lo acepté. Miro por unos segundos el arma del oficial de Policía que me custodia, no estoy esposada y quizá me daría tiempo de tomarla y matar a ese malnacido infeliz, pero ya perdí hasta las ganas de venganza.

Le hacen las preguntas de rutina, Cook jura decir la verdad y nada más que la verdad. Su actuación y descaro provocan que se me escape una fuerte e incontrolable carcajada. Todos voltean a verme y el juez le pide a mi abogado que me calme.

—Conocí a la señora Ainara Pons cuando aún trabajaba para el FBI. Debo decir que ese primer encuentro no fue agradable para Donovan ni para mí. Ella llegó acusándolo de cosas sin sentido y hasta de homicidios, en medio de una de sus conferencias de superación personal. Yo intenté mediar entre ellos y siempre le ofrecí mi ayuda profesional para calmar sus ataques de ira.

—Cuéntenos más sobre el ataque a Donovan White en el restaurante —pide el fiscal.

—No estuve presente, pero vi el video de seguridad y cómo quedó Donovan después de aquel ataque sin sentido. Le rompió el tabique y le provocó fisuras en la mandíbula, aparte de hematomas.

—De acuerdo, señor Cook. —El fiscal camina en círculos antes de hacer su pregunta final—: En su opinión experta de psicólogo, ¿por qué cree que la exagente Ainara Pons mató al honorable Donovan White y a su propia madre?

—Obsesión y problemas de ira. Motivado por el asesinato de su hermana hace nueve años. Ainara nunca pudo recuperarse de aquello. No volvió a tener buena relación con su familia, no tiene amigos, no tiene vida social. Se obsesionó con el asesino en serie Jerry Hawk y, al no tener la capacidad de atraparlo, comenzó a alucinar con patrones y asesinatos absurdos que le atribuyó a mi querido amigo.

—Gracias, señor Cook. Es todo —dice el fiscal.

—¿La defensa quiere hacerle preguntas al testigo? —indica el juez.

Mi abogado se levanta y dispara.

—Señor Cook, ¿sabe que mi defendida lo acusa a usted de todo?

—Sí. No me extraña, yo en su lugar también culparía a otro.

Se escuchan risas entre la audiencia.

—Claro, es lógico. ¿Por qué le pagó la fianza de veinte mil dólares después del ataque a su «amigo»? Tengo el recibo de la estación de Policía, no se atreva a mentir.

—Objeción, su señoría. ¿Eso qué tiene que ver? —interrumpe el fiscal.

—No ha lugar. Responda, señor Cook.

—Lo hice porque soy una buena persona y con la intención de ayudar a una mujer con claros problemas psicológicos que iba a enfrentar una demanda de dos millones. Siempre le ofrecí mi ayuda, y si la hubiese aceptado, no estaríamos hoy aquí.

—Veinte mil dólares es mucho dinero, señor Cook. Pero está bien, aceptemos la idea de que es un buen samaritano. ¿Niega haber estado en Somerset la madrugada del asesinato de Donovan White?

—Por supuesto. Estuve toda la noche en la habitación de mi hotel, lo pueden comprobar con las cámaras de seguridad.

—Lo ha pensado mucho, ¿no?

—¡Objeción!

—No ha lugar. Continúen.

—¿Por qué pensar en ese tipo de detalles si es un hombre que no tiene nada que probar?

Mi abogado es terriblemente bueno.

—¡Un momento! ¿Es a mí a quien juzgan hoy? ¿Me perdí de algo?

—Solo son preguntas que me hago.

—Abogado, si no tiene más preguntas, por favor, tome asiento. Señor fiscal, dé su exposición final —ordena el juez.

El fiscal se levanta y se dirige al jurado.

—Como pueden ver, Ainara Pons no solo mató al exsenador, también a su propia madre…

La puerta se abre y todos volteamos. Danny entra vestido con un traje que exhibe sus condecoraciones y con una carpeta en mano. También noto que en el fondo de la sala está Phillip, Bennett y Leonore, Amy también vino. Sus rostros lucen serios y preocupados.

—Su señoría, mi nombre es Daniel Reed, agente del FBI.

—Todo el país y gran parte del planeta lo conocen, agente. ¿A qué viene aquí hoy?

—Tengo información que creo es necesaria que todos sepan.

—¿Es relevante para el caso?

—Lo creo, sí.

—¿Está de nuestro lado? —pregunta mi abogado en voz baja.

—Sí.

Se levanta, toma por el brazo a Danny y lo lleva al estrado. Comienzan sin demora.

—Siempre quise hacerlo, pero ella no quiso y me dejó tomar a mí todo el crédito…

—¡No, Danny! ¡No sigas! ¡Es tu carrera! —suelto por impulso.

—No me importa —dice sonriendo—. Esa mujer que está allí y que hoy acusan de asesina fue quien descubrió, empezó y armó todo, yo solo seguí sus instrucciones. Hasta como llevaríamos a cabo el operativo final fue su idea. Ainara Pons descubrió lo que esa agencia llevaba años haciendo con esas mujeres en suelo americano y yo solo fui quien la acompañó a ella. —Le entrega su teléfono a mi abogado.

En una pantalla comienza a reproducirse todo lo que grabamos la noche en que nos infiltramos, lo que dijimos, lo que vimos y lo que hicimos. Al terminar, la mayoría comienza a murmurar y se eleva mucho el ruido en la sala, hasta que el juez pide silencio.

—A ella nunca le importó el reconocimiento, la gloria, los halagos y todos los beneficios de haber sido la autora del caso más grande de nuestros tiempos…

—Objeción, su señoría. Esto no tiene nada que ver con el caso —interrumpe el fiscal.

—Ha lugar. —Voltea hacia Danny—. Señor Reed, su información solo nos habla de la gran habilidad de la sospechosa y su desinterés por el reconocimiento. Temo que no es de ayuda.

Mandan a mi querido y valiente Danny a sentarse. Defensa y Fiscalía dan sus alegatos finales al jurado de diez personas. Quienes luego de dos horas salen con su dictamen. Una señora de piel oscura lo lee:

—Con nueve votos a favor y uno en contra, encontramos a la señora Ainara Pons culpable del homicidio…

Sigo oyendo, pero dejé de escuchar.

❧

Una semana después
Reclusorio del condado

Como mañana será mi traslado a una prisión de máxima seguridad, me he dedicado a leer las cientos de cartas que me han llegado de las mujeres y familiares del caso Walker, de curiosos y periodistas. Sin embargo, llevo más de una hora abstraída entre las letras de una que me envió la última persona posible en todo el mundo:

Querida Ainara. Me avergüenza confesarte esto, pero no te recordaba. Yo a diferencia de ti, continué con mi vida luego de lo que ocurrió con nuestra querida Rachel.

Nunca habría sabido que me buscabas con tanto desespero de no haber sido por las afirmaciones de aquel psicólogo en tu juicio. Me entristece ser el culpable de tus desgracias, pero no te desanimes, porque has vuelto a despertar lo que estaba dormido dentro de mí. Pronto tendrás noticias.

P. D.: Siempre recuerdo con cariño las veces que te ayudé con tus trabajos de medicina.

JH.

Nadie más sabe esa información, es él, a quien busqué por tantos años. Al fin me encontró a mí. Es extraño, pero ni ello me produce gran efecto, es como si estuviera muerta en vida, inmune a toda emoción, alejada de toda esperanza.

El guardia toca los barrotes.

—Tienes otra visita, ¿digo que no?

—¿Quién es?

—Un tal Bennett.

No pensaba recibir a nadie más por el resto de mi vida. Pero que Peter Bennett esté aquí, puede significar algo. No vendría si no fuera así.

Cuando entro en la sala, nos vemos a través del cristal. Mi apariencia debe ser horrible, sin embargo, él no muestra ninguna sorpresa. Tomo asiento y descolgamos los teléfonos.

—¿Por qué no te defendiste?

—No tenía caso. Él se encargo cuidadosamente de que todas las pruebas estuvieran en mi contra.

—Josh Cook.

—¿Investigaste?

—Sí, pero nadie nos creerá y, sin pruebas, es imposible probarlo.

—Lo sé.

—¿Qué pasó en esa cabaña? ¿Donovan era cómplice?

—Todo comenzó con mi aparición en sus vidas, lo del periódico fue el detonante. Investigó sobre mí, lo planeó todo. Con su inteligencia y a través de Donovan, me guio hacia una emboscada. Y qué mejor lugar que donde murió mi hermana, donde empezó mi obsesión por atrapar criminales y donde él tendría ventaja psicológica. Donovan era culpable de muchas cosas, pero no de asesinato. Josh lo utilizó y lo manipuló para que yo viera lo que él quería. Improvisó matando a Kitty para que yo me descontrolara e impulsivamente fuese a confrontar a White; a White le dio la información necesaria para desequilibrarme. Ambos querían un espectáculo para socavar mi credibilidad y fuera expulsada del FBI.

—¿Qué ganaba Donovan? ¿Qué hacía en la cabaña?

—Yo destruí su reputación, él solo quería venganza, y Josh le dio la guía psicológica de cómo obtenerla. No lo noté en ese entonces, pero esa noche fue Josh quien me hizo ir por White a Somerset, y a White lo engañó para que acudiera a esa cabaña.

—Mató a White.

—A pesar de que lo amaba. Josh es gay. Estando vulnerable después de su divorcio y al comenzar a trabajar con White, inevitablemente se enamoró de sus encantos. Por ello mataba a esas mujeres, por rencor. Porque ellas podían tener lo que él no. Las drogaba y les provocaba muertes accidentales. Nunca imaginó que alguien lo notaría. Parecía imposible.

—Lo era. ¿A cuántas mató?

—Dijo que después de la número veinte, dejó de contar.

—¿Donovan nunca sospechó después que tú lo acusaras a él?

—Después de lo de Kitty, sí, pero no le importó.

—¿Tu madre cómo terminó involucrada?

Nos miramos en silencio por unos segundos.

—Se lo buscó cuando contactó a White para hablar de la demanda en mi contra. Josh vio una oportunidad de acabarme aún más y no la desperdició. Solo me envió un mensaje cuando Donovan estaba allí para que temiera por la vida de mi madre y me asustara, a él le dijo cómo preparar el lugar para mi llegada y así enloquecerme aún más. Yo sola me encargaría de hacer otro espectáculo en público que me hiciera ver culpable de lo que él haría. La mató y escondió en mi maletero porque sabía que nunca intentaría abrirlo, estaba atorado. También pagó mi fianza cuando ataqué a White, y todas las veces que pudo, pero sin mostrar interés, metió más certezas en mi cabeza sobre Donovan. Todo el tiempo jugó conmigo. Yo tenía pinchado los teléfonos de White, Cook tenía el mío y sabía todos mis movimientos. Lo tramó todo. Nunca notaron su ausencia aquella noche en el hotel donde se hospedaba en Manhattan. Dejarme viva y tras las rejas es su castigo por haberlo obligado a matar a su amado.

—Con la muerte de White y tu encierro como una exagente desquiciada, desestima cualquier duda sobre las muertes «accidentales» de esas mujeres. Él quedaría impune.

—¿Quedaría?

—Durante un mes investigué caso por caso, estado por estado. No te aseguro que podré sacarte de aquí, porque dependerá de ti, pero te prometo que lo haremos caer.

—¿De mí? No entiendo.

—De que logres su confesión cuando lo tengas al frente, esta misma noche.

—¿Cómo?

—No comas mucho antes del traslado.

Él sonríe de esa manera engreída que siempre detesté, pero que ahora y de manera poderosa aviva el fuego interno que yacía extinto en mí. Y entonces, sin importar de qué se trate, supe que iría hasta el final.

16

OBÚS

7:00 a. m.

Voy en el vehículo hacia el penal de máxima seguridad. Solo me traje una foto de Rachel y la carta de Hawk. Justo como pensé, la seguridad es mínima: piloto, copiloto y un custodio. Están relajados y conversan cosas cotidianas. El hombre que maneja va a ser padre esta semana, el copiloto es nuevo y quien me vigila de cerca está felizmente casado, con dos hijos pequeños. No podría haber otro equipo con menos ganas de arriesgar sus vidas. Estoy ansiosa porque sé que en cualquier momento puede ocurrir algo.

Me resulta impresionante entender cuánto puede cambiarnos la vida en tan poco tiempo por una decisión. No importa quienes seamos, lo que tengamos o lo que hayamos logrado. No podemos escapar a nuestro destino. Era una agente con cierto prestigio y un gran récord de casos cerrados en el FBI; ahora tengo una condena de dos cadenas perpetuas y estoy en proceso de una posible fuga.

—No puedes fumar dentro del furgón —dice el oficial detrás del volante.

—De acuerdo, cuando paremos —responde el copiloto.

—Ese vicio te va a matar, muchacho —agrega mi custodio mientras escribe en su celular.

—A ti te va a matar tu esposa cuando se entere que andas detrás de la mesera aquella —responde el joven con tono de burla.

—Si a tu madre no le importa…

Todos pegamos un brinco hacia adelante cuando el piloto frena de golpe.

—¿¡Qué mierda!? —dice mientras intenta cambiar de velocidad.

—¿¡Qué ocurre!? —pregunta nervioso el más joven.

—Nos atacan, vienen por ella —asegura mi custodio mientras me mira con frialdad.

El furgón acelera con fuerza y velocidad, pero no se mueve mucho porque choca contra algo.

—¿¡Por qué no nos movemos!? —pregunta muy asustado el copiloto.

—¡Nos encerraron! ¿¡No ves los espejos!?

Los disparos comienzan a sonar y escucho que destrozan el parabrisas delantero. En las puertas traseras se oye que algo golpea. Mi custodio carga su escopeta y espera, apuntando.

La explosión lo lanza hacia atrás, queda inconsciente. Un hombre enmascarado sube, revisa el pulso de mi custodio y rápidamente tomas sus llaves. Comienza a abrir mis esposas en manos y tobillos. Me mira a los ojos luego de terminar y lo reconozco, es Danny. La sorpresa me deja inmóvil, él sonríe, me roba un beso en la boca y me jala hacia afuera.

—Vamos, vamos, vamos. Al auto —dice Bennett también con una máscara puesta y me toma por el otro brazo.

Me guían los dos únicos hombres que producen algo en

mí, el que me hace sonreír y el otro, al que a veces siento odiar pero admiro profundamente.

Al subirnos, Jones me saluda desde el puesto de piloto y me guiña el ojo.

~

Doce horas después
Casa segura

Miro asombrada las noticias en el televisor de una de las habitaciones. En demasiados canales hablan sobre mi fuga. La búsqueda es frenética en toda la ciudad. Me catalogan como desequilibrada mental y extremadamente peligrosa, recomiendan no acercárseme ni intentar detenerme, solo llamar a la policía. En una entrevista en vivo, varios «expertos» hablan del tema. Uno dice que la principal culpa es de quien me reclutó en el FBI, ya que una «mujer» con un trauma tan fuerte jamás debió ser entrenada para convertirse en agente porque me convirtieron en un arma sofisticada; según el imbécil, las mujeres no tenemos control de nuestras emociones.

Un helicóptero sobrevuela cerca y en círculos. Por momentos también puedo escuchar sirenas alejándose o acercándose. Sonidos que antes significaban apoyo y seguridad, ahora me dan cierto escalofrío.

En la sala se encuentra todo un equipo combinado entre el FBI y Seguridad Nacional. Bennett toca la puerta y entra.

—¿Estás bien?

—Estoy libre.

—No has comido nada, Ainara. Necesitas energías para lo que vamos a hacer.

—Me inyectaron un coctel de vitaminas y otras drogas, estaré bien. Peter, ¿y si no funciona?

Se me acerca y coloca al frente.

—Va a funcionar. Eres la peor agente de campo, pero…

Nos reímos.

—Pero lo vas a lograr. Te enfrentaste a un exmilitar de un metro ochenta y cinco que tenía un cuchillo del tamaño de un machete, Cook será pan comido. Estarás bien y todos nosotros nos mantendremos muy cerca, apoyándote.

—Necesito su confesión. La pelea con Josh va a ser intelectual y él ya me derrotó demasiadas veces.

—Es inteligente pero es un cobarde. La sorpresa lo asustará, y los cobardes son tontos cuando tienen miedo.

—¿Por qué me ayudas? Arriesgas mucho y nunca hemos sido cercanos.

Sonríe, pero sin la arrogancia o la poca modestia con la que lo hace habitualmente.

—También lo harías por mí si supieras que es lo correcto. Y… tú eres a la única persona que en realidad admiro. Eres mejor que la mayoría de las personas que conozco. Vences cualquier obstáculo, uno tras otro, y atrapas a quien sea, nada te detiene. Has pasado por mucho y nunca te rindes.

—Cuando era nueva, siempre fuiste malo conmigo.

—Al principio me molestaba que una niña me contradijera. Luego te comencé a conocer a la distancia. Miraba que te quedabas en la oficina hasta tan tarde o dormías allí.

—Tú también comenzaste a hacerlo a veces.

—No podía dejar que me ganaras, y me gustaba verte ahí encerrada, con todos esos papeles y mapas pegados en las paredes de vidrio. Parecías una demente, pero una buena agente.

—Gracias, Peter.

—¿Por qué?

—Por salvarme cuando Tom me estrangulaba, por no decirle a Phillip que casi arruiné esa captura y por arriesgarlo todo al rescatarme de la cárcel. Por creer en mí.

Toma mis manos.

—Quería decírtelo, no encontraba el momento. Lo siento por lo de tu madre.

Siento un fuerte dolor en el pecho al recordarla en el maletero de mi auto, mis ojos se humedecen y él me abraza. Entonces, el primer contacto de afecto que recibo en meses provoca que todas mis emociones afloren. Lloro en silencio, lo hago en el pecho y entre los brazos del hombre que detesté por años.

Se abre la puerta y yo me suelto de Bennett. Danny se nos queda mirando.

—Espero no interrumpir —dice la secretaria al entrar.

Phillip la sigue.

—Espero lo mismo —agrega Danny con mal tono.

Los jefes voltean a verlo a él y luego a mí.

—De acuerdo, obviaré eso —continúa Leonore—. El FBI cumplió su parte al liberarte sin que nadie resultara herido, solo hubo mínimas pérdidas materiales. Ahora nos toca a nosotros coordinar la confesión y captura de Cook.

—Nosotros ahora seremos el apoyo —agrega Phillip. Voltea hacia mí—. ¿Estás bien?

—Sí, gracias a todos ustedes. A cada uno de los que se están arriesgando por mí.

—Tienes que agradecerle a ese joven —dice Leonore y señala a Danny—. Después de que rechazaste mi oferta, no quise saber nada de ti, y cuando me enteré de lo que te había pasado, me puse furiosa. No veía esperanzas para ti ni pensaba mover un solo dedo. Pero que Reed contara y demostrara tu participación en el caso Walker, lo cambió todo. El agente Bennett también me abordó en el juicio. Amy Evans me mostró más evidencias y finalmente, cuando consulté con Phillip, él me dio el empujón que faltaba. Decidí que la captura de Josh Cook era de interés para la seguridad nacional y que la única manera de lograrla sería contigo.

—Cook volvió a casa —dice Jones al entrar—. Todos los puntos están vigilados.

—De acuerdo, muchachos. Vamos a organizarnos. Salimos en diez minutos —indica Leonore.

—Bennett, prepara al equipo Alfa. Cuento que, contigo ahí, nada le pasará a Ainara.

—Entendido.

Leonore se detiene y levanta la mano.

—Una última cosa. Como saben, esta es una operación ilegal, clandestina; asaltamos un vehículo oficial de nuestro sistema penitenciario y liberamos a una mujer con dos cadenas perpetuas impuestas por nuestro sistema judicial. Esto solo se dará a conocer si todo termina bien. Y saldrá bien porque obtendremos la confesión de Cook, pero sin soporte legal, no vale nada. Así que mandé a buscar, y ya viene llegando, al asistente del fiscal de Nueva York para que esté presente en la operación. Su único pedido no negociable es que Ainara Pons no lleve armas, a sus ojos, todavía es una sospechosa.

—No hay problema. Iré desarmada.

Hay silencio por unos segundos e intercambio de miradas preocupadas.

—¡Prepárese, salimos en ocho minutos! —ordena Leonore.

Todos salen apresurados, menos Danny. Se me acerca.

—¿Quieres pasta con albóndigas?

No sé cómo lo hace o quizá sea por los nervios, pero me provoca un ataque de risa.

—¿Tú y ese Bennett? —pregunta.

—No.

Hablamos de cualquier cosa hasta que llega el momento de la verdad, y salimos a la sala en donde están todos reunidos, armados y listos.

—¿A dónde iremos? —pregunto.

—Cook se compró un apartamento nuevo en la ciudad. Ya desocupamos todo el piso para el operativo, el lugar está completamente vigilado y los francotiradores están en posición. En marcha —ordena Bennett.

Nos montamos en dos camionetas negras y enormes, claramente de uso gubernamental, nadie se atreverá a detenernos.

Cuando llegamos al estacionamiento del edificio, Reed me toma de la mano y nos alejamos. Bennett nos observa en todo momento.

—No la saques a menos de que sea necesario —dice y me abraza mientras, con disimulo, mete un arma por mi espalda —. Ocúltala bien.

—Si descubren lo que estás haciendo.

—No importa. Estaré justo detrás de la puerta y entraré en cuestión de segundos.

En el lugar hay un tráiler donde tienen conectados todos los dispositivos. Las pantallas muestran las imágenes en vivo que proporcionan las cámaras y los micrófonos ocultos dentro del apartamento de Cook.

—¿Sabemos si está armado? —pregunta Phillip.

—Limpiamos el apartamento, pero no sabemos si trae un arma consigo. Ainara, debes mantenerlo cerca de las ventanas para que los francotiradores puedan darle si es necesario.

—De acuerdo.

Me coloco el chaleco antibalas, un auricular al oído y un micrófono al pecho. Los jefes y el asistente del fiscal se quedan en el tráiler, monitoreando. Danny, Bennett y yo subimos.

Durante el ascenso dentro del elevador, las ansias de tener en frente a ese malnacido infeliz me aceleran el corazón. No tengo una pizca de miedo o temor a algo. Solo quiero ver su cara cuando lo acorrale, esto no estaba en sus planes, no lo pudo prever.

«Aquí líder Alfa, manténganos informados si el objetivo sale de su habitación. Obús va a entrar. Águila uno, dos y tres, contamos con ustedes».

Obús se llama un tipo de proyectil de artillería pesada, combina conmigo.

Todos dicen afirmativo y un técnico termina de abrir la puerta. Es mi momento, cuando voy a caminar hacia el interior, Bennett me toma por el brazo.

—Primero la confesión de todo, después puedes explotar y acabar con él.

Voy hacia la cocina y agarro el cuchillo más grande que encuentro. El asistente del fiscal pregunta para qué lo tomo por el canal de radio, todos lo mandan a callar. Continúo hacia la habitación. Constantemente actualizan lo que hace Josh, sigue acostado en su cama.

—Hola, Josh —digo al entrar.

Se asusta, y aunque lucha internamente por no demostrarlo, sus ojos lo delatan.

—Ainara, ¿qué haces aquí?

—Visitando a un amigo. ¿No somos amigos?

«Águila uno. El objetivo está de pie».

—¿Vienes a matarme?

—Después de que respondas unas preguntas que llevo semanas haciéndome.

—Eso no te va a salvar de una vida en prisión, Ainara.

—¿Por qué me dejaste viva en esa cabaña en Somerset?

—¿Por qué tuviste que meterte en nuestras vidas? Todo marchaba bien para Donovan y para mí.

«Líder Alfa. Ainara, él tiene que afirmar los hechos».

—¿¡Por qué no me mataste como a Donovan o a mi madre!?

—No quise matar a ninguno de ellos, en especial a mi amado Donovan, pero tú no me dejaste alternativa.

«Águila uno. Obús, no dejes que se acerque tanto. Retrocede».

«Que especifique cómo asesinó o no valdrá nada en un juicio», demanda el asistente del fiscal.

—¿Por qué mataste a mi madre? Ella no tenía nada que ver en esto.

«Águila uno. El objetivo está ganando tiempo mientras busca con sus manos la tijera en el armario. Obús, alerta».

—No estaba en mis planes, pero tuve que cortarle el cuello y meter su cuerpo en tu maletero. Quería que no hubiera manera de que salieras libre.

—¿Y a todas esas mujeres? Sophie Miller, Vanessa Hope, Wynona Martin, Maya Allen…

«Sigue así, Ainara», dice Bennett.

—Te lo dije en esa cabaña. Las odiaba por el simple hecho de que tenían lo que yo no podía. Matarlas fue tan fácil. ¿Por qué me lo vuelves a preguntar? —Me mira fija y detalladamente con los ojos bien abiertos—. Estás bien vestida, no luces nerviosa, tu camisa te queda más ancha de lo normal. ¡Maldita!

«Águila uno. El objetivo se prepara para atacar. Tiene la tijera».

«Equipo Alfa entrando».

Josh se abalanza sobre mí lleno de furia. Lo veo en cámara lenta, puedo simplemente correr o hacerlo caer, pero esquivo su ataque y le entierro el cuchillo en el pecho.

Caemos al piso.

—Por mi madre y por todas esas mujeres, maldito infeliz.

Giro la hoja dentro de su pecho y él da su último aliento.

~

Días después
Green-Wood Cemetery

Mi madre y hermana yacen bajo mis pies, juntas hacia la eternidad. Es extraño, y todavía no me acostumbro a que toda mi familia se encuentre entre estos cinco metros cuadrados. Les traje flores, limpié y acomodé un poco. El asesino de Merlina ya pagó, solo falta el de Rachel.

—¿Necesitas ayuda? ¿Qué es lo que quemas? —pregunta Amy al acercárseme por detrás.

—Ya terminé. Una carta que me envió a la prisión un viejo amigo. Me dijo que tendría noticias suyas pronto. Gracias por esperarme.

—¿Qué harás ahora? ¿Volverás al FBI o probarás en Seguridad Nacional?

—Aún no me decido.

—Vi la entrevista de la secretaria Leonore. Te dio el crédito de todo: el caso Walker, por la ayuda clave en la captura del Bombardero y el descubrimiento de los asesinatos de Josh Cook en todo el país.

—Es una gran mujer y le debo mucho. Pero el FBI es mi familia, tengo que pensarlo mucho. ¿Sabes qué quiero hacer?

—¿Trabajar?

Por primera vez en muchos años la respuesta es:

—No.

—¿Ainara Pons no quiere trabajar? —pregunta casi riendo.

—Quiero tomar unas vacaciones primero.

Phillip me odiaría al escucharme.

—¿Con ese apuesto y joven agente, el que irrumpió en medio de un juicio en la Corte Suprema de Nueva York para intentar salvar a su amada?

Amy pone un tono de voz realmente molesto, como si fuéramos unas colegialas hablando del chico que nos gusta. Pero me hace sonreír.

—¿Quién sabe? —respondo.

Estos últimos meses, me dieron poco y me quitaron todo. Estuvieron a punto de matarme, me enjuiciaron y me encerraron, fui una fugitiva y maté a un hombre. De alguna manera, volví a nacer, y quiero empezar a vivir un poco.

NOTAS DEL AUTOR

La mejor recompensa para mí como escritor es que tú, estimado lector, hayas disfrutado de la lectura de esta novela. La mejor ayuda que como lector me puedes ofrecer es brindarme tu opinión honesta acerca de ella.

Para mí es sumamente importante tu opinión ya que esto me ayudará a compartir con más lectores lo que percibiste al leer mi obra. Si estás de acuerdo conmigo, te agradeceré que publiques una opinión honesta en la tienda donde adquiriste esta novela. Yo me comprometo a leerla.

Si deseas leer otra de mis obras de manera gratuita, puedes suscribirte a mi lista de correo y recibirás una copia digital de mi relato *Los desaparecidos*. Así mismo te mantendré al tanto de mis novedades y futuras publicaciones. Suscríbete en este enlace:
https://raulgarbantes.com/losdesaparecidos

Si has disfrutado leyendo *Juro vengarte*, te invito a leer las siguientes novelas de la serie Ainara Pons:
Juro cazarte: Agente especial Ainara Pons n° 2
Juro combatirte: Agente especial Ainara Pons n° 3

Finalmente, si deseas contactarte conmigo puedes escribirme directamente a raul@raulgarbantes.com.

Mis mejores deseos,
Raúl Garbantes

goodreads.com/raulgarbantes

instagram.com/raulgarbantes

facebook.com/autorraulgarbantes